這一代的武林
【拾】鬥志如虹

【目錄 Contents】

第一章

自導自演

王小軍道：「簡言之，就是綿月大師自導自演了一齣搶劫和反搶劫的戲，目的是帶走其中一半的錢，順帶給自己的組織代言，看見這兩個箱子了嗎？每一個裡面都是鑽石，價值三十多億。」

眾人都是唏噓不已。

王小軍下意識地一抬頭，頓時驚呼上當——他們頭頂就有一個監視器，他這麼做幾乎是給了攝影鏡頭一個特寫，此情此景截圖留證，以後就再也說不清了。

王小軍又急又氣，通過眼角的餘光，發現司機正向他右後方偷襲而來，要在平常，他完全可將左掌穿插過肋下去擋住這一招，但此時內力崩潰，身體也不由控制，眼看就要中招，幾乎是出於一種自然的反應，王小軍往前踏出一步，右掌回探，一瞬間打出一片掌印，儼然如蓮花一般。

司機本擬馬上就能功成身退，不料被這一招唬得一愣，他後撤一步，忍不住道：「這是什麼功夫？」

沙麗小聲脫口道：「蓮花掌？」

王小軍得意洋洋道：「恭喜你，都會搶答了！」

余巴川冷冷道：「這是覺得本門功夫靠不住，所以又去學了什麼勞什子蓮花掌嗎？」

王小軍道：「屁話，這是小爺我自創的，小爺我不但骨骼精奇，而且富於創造力，現在是ＩＰ時代，ＩＰ你懂嗎？」

他說完這幾句話，只覺神清氣爽，頓了頓道：「不用板著臉說話真他媽

舒坦。」原來他不光說話不用再藏著掖著，這套蓮花掌一啟用，剛才的反噬現象也都消失了。

說話之間，三個人之間的生死相搏仍在繼續，在兩大高手的夾擊中，王小軍險象環生，但相比內憂外患併發的局面，他倒是一副聽天由命，甚至是安貧樂道的樣子。

沙麗從主攻被冷落到了外圍，不由跺腳道：「這到底是怎麼回事？王小軍，你說！」

王小軍嘿嘿一笑道：「我說了你也未必信，我只有一個忠告：你要真想做好事的話，那就幫我！」

司機深沉道：「小姑娘，分贓不均沒見過麼？」

余巴川道：「你要是聰明的話就別插手，等我們把這小子放倒，你正好能人贓俱獲。」

王小軍道：「你要是有腦子的話就想一想，正常的劫匪誰會說這種話？」

沙麗一愣，也覺有理，可她眼睜睜地看著王小軍是和這些人一起行動的，要她出手幫助劫匪，這也不是一件能輕易做決定的事。

王小軍嘆氣道：「算了，我也沒指望你有腦子。」

沙麗道：「那你倒是說清楚啊。」

王小軍崩潰道：「你看我像是有時間的樣子嗎？」

王東來的內力不能用，他已失去最大的倚仗，論武學修為，他尚差余巴川很遠，現在又加上一個神秘的司機，可想而知王小軍現在的窘迫。

可以說，他能支撐到現在，一是因為異想天開的蓮花掌打了二人一個措手不及，二是因為王小軍這段時間終究增長了不少見識，現在他的每一塊肌肉、每一根神經，甚至是每一根頭髮都在積極地投入戰鬥。

要在以前，能有這樣的飛躍，王小軍一定會對自己自賣自誇一番，此時卻只能苦笑——這是一場毫無懸念的戰鬥，不說別人，僅憑余巴川一人就能掃平他連帶紅組，而且他驚悚地發現：司機的武功比余巴川更高！

也許是看出了王小軍必敗這一點，司機忽然揚聲對千面人道：「按計劃行事！」

千面人點點頭，他笑嘻嘻地圍著梅仁騰繞了兩圈，趁對方暈頭轉向之際在他背上一推，隨即輕盈地飛向車庫的大門。

王小軍大急，千面人這一跑，就意味著綿月的計畫已經成功了一半，但他自顧尚且不暇，更別說去攔千面人了。

然而千面人眼看快出了大門，忽然停了下來，原來有一人擋住了他的去路，來人是個姑娘，她不由分說地舉掌迎上千面人，正是段青青。

王小軍先是一喜接著又一驚，忍不住喊道：「傻孩子，你怎麼一個人回來了？」

段青青一邊纏住千面人，一邊道：「不是，我還帶了幫手，你堅持住！」

然後王小軍問了一句讓在場所有人都哭笑不得的話：「你這麼說是真的，還是為了嚇唬別人？」

段青青無奈道：「是真的！」

千面人一笑道：「不管真假，我先走一步了。」

他功夫未見得比段青青高很多，但輕功絕妙，只一閃身就已經掠入夜色之中，但下一秒又原路退了回來，門外有個清脆的聲音道：「那也得先過了我這一關再說。」接著又一個漂亮姑娘出現了。

王小軍意外道：「四叔？」

郭雀兒道：「兩位師姐就在後面，你不要慌。」就見兩條影子上下翻飛，像兩頭鷂子在半空中打架一樣，千面人想擺脫這位峨眉四師妹卻不是件容易事了。

司機瞳孔一縮道：「這是怎麼回事？」他馬上對余巴川道：「王小軍交給我，你去幫他！」

余巴川冷不丁抽身撲向郭雀兒。孫立一掌將丁青峰手中的木棍打飛，也一起上前幫忙。

王小軍急道：「四叔，殺過去那倆人，一個是余巴川，一個是崆峒派的孫立，你還是快跑吧！」

這時就聽門口有個蒼老的聲音道：「孫立交給我。」

老者背背雙劍，孫立到他身前尚有五六步之遠，他突然拔劍直擊，一道耀眼的光芒將孫立硬生生攔截在當地，這老者卻不再出招，而是反手將另一把長劍扔給丁青峰，隨即冷冷對孫立道：「你再去和我徒弟打過！」

丁青峰惶惑道：「師父，您怎麼來了？」

點蒼派掌門瓦督怒目道：「你本是用劍的，用別的兵器自然要敗——你為什麼要用棍子，你以為你是孫悟空嗎？」

孫立本來是要去幫助千面人逃走的，這時也不知是奇怪的求勝心理作祟還是迫於瓦督的威勢，居然真的又回去和丁青峰戰在一處。

余巴川眼望郭雀兒冷笑道：「小丫頭，知道怕的話，就給我閃在一邊！」

郭雀兒大聲道：「姑奶奶我就從來不知道怕是什麼！」

「說得好！」江輕霞和韓敏應聲趕到，兩個姑娘分站兩邊，和余巴川對峙起來。

這時又有一人走進來，面帶笑意道：「余掌門還是交給我，江掌門和韓姑娘去幫咱們主席吧。」

這人四十多奔五十的年紀，滿臉都是生意人才會有的市儈和和氣，正是華山派掌門華濤。

眾人見他主動挑戰余巴川都是驚訝不已，這麼多年來，華濤一直唯唯諾諾，今天怎麼忽然轉了性了？

余巴川也翻起三角眼道：「姓華的，誰借給你的膽子？」

華濤道：「余掌門在武協大會就多次揚言要收拾我，我這人喜歡成人之美，這就來給你個機會。」

「少說廢話！」余巴川飛撲而上，華濤將兩隻手的大拇指藏在食指中指之間，隨後握成拳狀，雙拳分襲余巴川胸口和小腹要穴，正是華山派的點穴拳。

數招一過，眾人都看出余巴川雖然佔據了主動，但勝負尚不好說，即便是要分出輸贏也得在百招之後了，心想華山派能成為「六大」之一果然還是有成色的，華濤這也是忍了余巴川好久終於爆發了！

江輕霞和韓敏一起奔向王小軍，沙麗遲疑道：「你們……」

韓敏冷眼道：「怎麼，沙姑娘還想繼續跟我們峨眉作對嗎？」

沙麗訥訥道：「余掌門怎麼會和劫匪攪在一起，他不是綿月大師找來的幫手嗎？」

王小軍嘿然道：「說你沒腦子吧你還不服，這一切都是綿月早就設計好的，你們紅組負責當好人給民協打名氣，藍組的人演過場戲加悶聲大發財，千面人手裡那箱子鑽石就是他們的報酬，別說到現在你還沒認出他來。」

武經年大聲道：「別想那麼多了，現在當務之急就是把所有參與搶劫的人都抓起來，誰真誰假事後再說！」

張庭雷背手走進來道：「你這個蠢材終於說了一句聰明話，只是，光憑你們幾個有這個本事嗎？」

武經年失色道：「師父。」

張庭雷站在余巴川和華濤邊上躍躍欲試道：「華掌門，能否讓老朽代替

你一會兒，我也看姓余的不順眼很久了。」

華濤一邊動手一邊道：「暫時不用，我倒要看看他這麼狂，到底有幾分本事！」

司機越來越焦急，眼看對方幫手不斷增加，他打定主意要讓千面人先脫困，只要鑽石到手，自己這些人想撤也就簡單了許多。

他左手一劃，將江輕霞的手掌黏住，隨即推送而出，讓這隻手掌恰好迎上韓敏的攻勢，手上一加力，二女就像喝醉酒一樣踉踉蹌蹌被摜出老遠。

他雙手穩抬，慢慢落向王小軍的一雙手腕，王小軍一驚，掌力加急發出，卻在最後一刻由快變慢，居然主動貼上了司機的手掌。

二人身形扭轉，四隻手像被強力膠黏住一樣牢不可分。隨著抖、揉、甩、崩這幾個姿勢，王小軍臉色越來越難看，發現自己就像一隻被老鷹握在爪子裡的麻雀，逐漸失去控制不說，且一步步滑向了不可逆料的深淵。

司機神色倨傲地低喝一聲：「班門弄斧！」說罷雙臂一擺，把王小軍抖離出去，接著又以重手向王小軍胸口按去。這一掌，他要的是王小軍重傷的效果，然後趁眾人照顧他之際，帶著千面人迅速離開。

然而，他的手掌按在王小軍胸前不到一寸的地方，忽覺有股柔和卻不容

輕視的力量反彈了回來，那種感覺，就像一個壯漢猛地一拳打在了氣墊上，他身不由己地倒退出去，幾乎一個趔趄摔倒在地。

這是他武功有成以來從沒有過的事情，他臉色大變，忍不住道：「你這又是什麼功夫？」

王小軍極其臭屁道：「你總不會沒聽說過游龍勁吧，專剋太極拳——」

他盯著司機一字一句道：「你果然是武當派的！」

司機不再說話，忽然拔腿跑向千面人。

韓敏上前問王小軍：「這人到底是誰？我總感覺他年紀不大，竟然有這麼深厚的太極功底！」

王小軍搖頭道：「說實話我也不知道，不過他雖然戴著面具，但我知道他長什麼樣子。」

江輕霞好奇道：「什麼樣？」

王小軍淡淡道：「挺帥的。」隨即大喊道：「這不是重點好嗎，現在的問題是不能讓他跑了！」

韓敏嘆口氣道：「我說句難聽的話，雙方勝負猶未可知，現在還不好說誰需要逃跑。」她咬咬牙道：「只能先打再說了。」

王小軍和江輕霞都跟著韓敏追擊司機而去。

這時車庫裡已經打成了一鍋粥，華濤和張庭雷一明一暗頂住余巴川，段青青和郭雀兒纏住了千面人，丁青峰在和孫立酣戰，剩下司機一個人左右周旋，雖然沒能幫千面人甩開郭雀兒，居然也沒讓別人靠近一步！

這時他也不再刻意隱藏什麼，一身太極拳的功夫都暴露無遺，然而可怕就可怕在場中竟無人能近他身。王小軍用游龍勁讓他吃了點苦頭，那是出其不意且是自保中使用的，如今想故技重施已無可能。

就在熱火朝天之時，金刀王手挽他那把價值幾百萬的金刀，帶著秦祥林和熊炆還有一大幫河北武林界的老兄弟趕到了。

金刀王隔著老遠就痛心疾首地喊：「好哇，你們就這麼明目張膽地在我的地盤鬧事啊！」

王小軍嚇了一跳，也隔老遠喊：「老王，你先說清楚你是幫誰來的？」

金刀王大聲道：「那還用說，當然是幫你來的！你說吧，我砍誰？」

王小軍聽說來的是援軍，頓時嘻嘻哈哈道：「這你還看不出來嗎，誰擋著臉砍誰。」

「好。」金刀王舞著大刀就劈向司機，秦祥林和熊炆也老實不客氣地撲

了過來。

司機閃身躲過金刀王的刀，抬手架住秦祥林的腳，熊炆迎面的一拳卻怎麼也躲不開了，他咬緊牙關用肩膀抵了上去，熊炆就覺自己一拳像打在了深水漩渦裡，不但沒占到便宜，還被那股迴旋力攢出老遠。

剩下的河北大俠們前仆後繼地衝上來，又先後被司機用太極拳摔出來。

這些人武功不見得多高，勝在抱團，不管對方武功多高，只要一個上了，其他人就必上，司機邊打邊崩潰道：「哪來的這麼多阿貓阿狗？」這些人雖然對他造不成致命的打擊，不過一窩蜂地湧上來也夠他忙活。

金刀王怒道：「敢說我們是阿貓阿狗！你好大的膽子！」掄圓了大刀劈頭蓋臉地砍向司機。

這時忽然從旁邊伸過來一隻手，輕巧地捏住了刀鋒，金刀王只覺這一刀像砍進了山間岩縫。來人也戴著面罩，露出短髮，和氣道：「使刀的不要太容易動怒。」

金刀王怒眼圓睜，脫口道：「綿月？」

他倒不是透過那個髮型看出對方是誰，而是綿月的一舉一動仍然保持了一個少林高僧的風度，更主要的，整個武林裡，能這樣接住他一刀的人屈指

可數。

綿月笑道：「你稱呼我什麼？我可聽不懂。」

所有人見綿月出現了，都自覺地停下了手。武協這邊人雖多，但綿月一個人就使雙方的力量又懸殊起來，繼續打下去也沒有意義了。

王小軍盯著綿月看了老半天，忍俊不禁道：「綿月大師，你這也太糊弄了吧，你不想讓人認出來，倒是把腦袋遮上點啊，還有，你這雙鞋也穿好些日子了，武協大會的時候穿的就是這雙吧？」

綿月雖然擋著臉，卻仍然流露出微笑之意道：「不想讓人認出自己的人，必定心懷鬼胎，從這點上說，過去的你和現在的我都是一樣的。」

王小軍好笑道：「可是我們都認出你來了啊。」

綿月道：「你說我叫綿月，我可從來沒承認過。」

這時沙麗幾步走上前來，冷峻道：「大師，真的是你嗎？」

武經年、梅仁騰和丁青峰也都表情各異地看著綿月，他們被綿月「劫」到民協，為的是有朝一日能出人頭地，一鳴驚人，這時事情失控，綿月又以這副打扮出現，一種不祥的感覺升上心頭，失望、憤怒、震驚種種神情也都出現在他們臉上。

沙麗又向前一步，幾乎是逼問道：「大師，這是怎麼回事？」

綿月嘆了口氣道：「沙麗，你我都一樣，都是理想主義者，但現實和理想要達到統一，大部分時候是需要做出犧牲的。」

沙麗冷淡道：「你只要告訴我，這次『行動』是不是你在幕後策劃的就行了。」

這時，有個老者邊走進來邊沉聲道：「我來這麼晚都看出來了，你還有必要這麼問嗎？」

原來崆峒派掌門，或者說原掌門沙勝也到了。他盯著蒙著面的孫立道：「師弟，你被警察通緝之後又故意回幫中找我，卻又什麼也不說，就是為了讓我有把柄落在你們手裡，然後幫沙麗取代我吧？」

孫立也不說話，怯怯地躲到後面去了。

沙麗終於滿臉通紅道：「爺爺，我一開始……」

沙勝一擺手：「做錯了事，先彌補，然後再說別的。」

綿月對這祖孫倆置若罔聞，忽然大聲道：「王小軍，你和劫匪沆瀣一氣，搶劫外國大使鑽石，這已經成了鐵案，你還有什麼要說的？」

王小軍納悶道：「你怎麼說起胡話來了？」隨即恍然道：「你這是

要拉個人陪你堵槍口啊——你又不是小孩子夜裡撒尿怕黑，非得拉上我幹什麼？」

綿月道：「你是武協主席，拉上你就是拉上整個武協，你要是栽了，全體武林人以後也抬不起頭，這件事你也不考慮嗎？」

王小軍無言地往上方指了指。

綿月道：「你想告訴我抬頭三尺有神明嗎？」

「不是，咱頭上有監控鏡頭。」

綿月一笑道：「這件事我策劃了這麼久，監控鏡頭這種小事，自然是我想讓它拍到什麼它就能拍到什麼，不想讓它拍的，嘿……」

王小軍喊道：「攝影組呢，你們在這兒嗎？」

黃大飛黃小飛兄弟分別從兩邊的車後冒出頭來，不動聲色地擺了擺手，算是和眾人打過招呼。

王小軍道：「你們把這一切都拍下來了嗎？」

黃大飛道：「這還用說？我們可是很專業的。」

王小軍道：「那你願意把你拍下來的視頻交給警察，替我作證嗎？」

黃小飛道：「警察？我們可不愛和警方打交道，和你說話的那位主兒才

是我們老闆，他說讓我們幹什麼我們就幹什麼。」

綿月笑道：「你現在明白了吧？」

王小軍點頭道：「這兄弟倆也是神盜門的，所以你開會只叫行動組的人參加，因為你怕這兄弟倆知道有這樣的好事之後會搶先下手。」

綿月道：「不要說這些了，我有個建議，這次咱們民協和武協就算打個平手，鑽石一人一箱分了就此拉倒，你看怎麼樣？」

王小軍搖頭道：「不怎麼樣，你們的人臉擋得都跟偷情的明星似的，我們的人在鏡頭下面杵了半天都快成大頭貼了，現在逃走，用不了幾個小時就有警察上門——你覺得我們都傻子是嗎？」

綿月道：「你要有心，這些事情我會替你搞定。」

王小軍笑嘻嘻道：「你猜我信得過你嗎？」

綿月語氣一冷道：「可是動起手來，你們的勝算連三成都不到！」

王小軍認真道：「那你等會兒，我徵求一下我們這邊的意見。」他大聲道：「武協的各位兄弟姐妹，老前輩們，綿月說咱們的勝算三成都不到，你們覺得呢？」

沙麗皺眉道：「王小軍，都這時候了你還在發什麼瘋？」

王小軍卻像發現了新大陸一樣道：「咦，對了，一會兒打起來你幫誰──還有你們幾個。」他說的是丁青峰他們三個。

沙麗咬牙道：「我做錯的事我會認！」

王小軍唱喏一樣道：「好，告訴大師一聲，你的幾位愛將決定棄暗投明了。」

張庭雷走到王小軍身邊，低聲道：「論打，咱們是打不過的。」

王小軍道：「那怎麼辦？」

「你……說呢？」張庭雷看看王小軍，王小軍看看張庭雷，一老一小玩起了眨眼遊戲，下一刻，他們異口同聲道：「那也打了再說！」

眾人還以為他們能商量出什麼鄭重的結果來，沒想到是這麼一句，無不哭笑不得，連從進門就板著臉的沙勝也不禁莞爾。

綿月嘆道：「自矜自驕，做事情毫無理性，這麼多年了，武協這個習氣一點也沒改，甚至換了一個所謂的新主席也還是走上了老路。」

王小軍道：「大師，你有你的信念，我們有我們的底線，若是武林人見到敵人都權衡再三再去動手，那還是武林人嗎？」

張庭雷道：「說得好！」

孫立終於不耐煩道：「既然咱不怕他們，還不動手等什麼？」

司機怒道：「閉嘴，要是沒有你，我們早走了。」原來孫立武功雖然不差，但和同行的幾人一比已經不是一個檔次，綿月是怕打起來孫立被人拿住，那就後患無窮了，所以才和王小軍談起了條件。

顯然，這樣僵持下去對綿月一方是不利的，賊就是賊，永遠見不得光。

綿月望向堵在門口的郭雀兒，沉聲道：「你讓不讓開？」

江輕霞和韓敏一左一右擋在郭雀兒身前，對他怒目而視，沙勝也一言不發地站到了三個姑娘身旁，綿月勸道：「沙兄，你都是退出江湖的人了，何苦又來和我作對？」

沙勝緩緩道：「糾正你一點——我是『被』退出江湖。」

在沙勝剛來的時候，王小軍眼睛確實亮了一下，但隨即又暗了下去——憑現在這些人，打綿月還差一股勁，或者說，差一個主力，如果是以前，自己勉強能頂上，可是現在走火入魔，連余巴川都對付不了，更別說綿月了。

這時金刀王手握金刀道：「我知道當出頭鳥遭人記恨，不過都這時候了，我也就犯個忌諱吧——綿月大師，就讓我來領教領教你的金剛掌吧。」

沙勝面無表情道：「你回去，還是我來。」

金刀王道：「憑什麼？」

沙勝道：「在武協，你只是委員，而我是常委。」沙勝和綿月說話間就動上了手，瞬間又混戰在了一起。

王小軍處於武功半失不失的當口，也就不想著再去幫忙，而是靜下心來觀看沙勝和綿月一戰。

武林中素以鐵掌、金剛掌、伏龍銅掌這三門功夫為掌功前三，而且這三門掌法風格相近，今日一見，沙勝兇狠而綿月睿智，二人你來我往，寥寥數招之間就已各自施展生平絕學，看得王小軍又是歡喜又是眼饞。

王小軍一邊看一邊跟著比劃，忽然下意識地看了沙麗一眼，原來他發現沙麗的武功七八成來自沙勝，還有些差別也很明顯，沙麗應該除了沙勝之外，還跟別的師父學過功夫。

沙勝和綿月剛交手區區十招就看得王小軍眉飛色舞，他沒料到沙勝武功如此之高，至少從這十招來看，他絲毫不落綿月下風。

然而就在第十一招上，綿月矮身拍向沙勝小腹，這本是很平常的一招，無論是躲也好還是擋也罷，處理起來可說毫無難度，可沙勝原本一張黃臉在此刻卻變得越發焦黃，不知為何竟慢了半拍，被綿月一掌拍出數米，雖未受

重傷，但也一時不能起立。

王小軍愕然道：「老沙……你這是放的哪門子水？」

沙麗飛身撲過去扶起爺爺，對王小軍怒目道：「你知道什麼？」

綿月看了一眼糾纏在一起的千面人和郭雀兒，大步走上去就要幫忙。

就在這時，兩個平端著手槍的男人小心翼翼地從門口走入，當先那老者見了這混亂的場景，厲聲道：「都住手！」正是民武部的吳峰，另一個則是齊飛。

吳峰沒料到這裡這麼熱鬧，一眼就認出了綿月，迅速把槍口對準綿月，小聲對齊飛道：「叫支援！」

段青青忍不住道：「這兩個怎麼會來的？」

王小軍反問道：「那你們為什麼來？」

段青青一笑道：「你這個武協主席要『清理門戶』，我敢不巴巴地喊人來嗎——」說到這，段青青捶了師兄一下道：「要不是臨走的時候你說我大衣那句話，我自始至終都沒看出是你。」

綿月打個哈哈道：「吳老總，這麼多人，你幹嘛就對著我一個？」

吳峰譏道：「這麼多人，就你們幾個鬼鬼祟祟地蒙著臉，我不對準你難

道對準好人？而且，我知道大師有經天緯地之能，所以更不敢不小心了。」

王小軍道：「看見沒，警察裡也有聰明人。」

這時吳峰忽然喝道：「你再往前走我可開槍了！」原來綿月趁他不注意，悄悄往前蹭了兩三米，面對綿月他不敢大意，他深知槍這種東西對綿月來說跟普通的暗器差不多，只有保持黃金距離對他才有威懾力。

所有人都僵在當地，余巴川和司機幾個和綿月眼神傳遞，似乎在想脫困的辦法。

金刀王道：「老吳，我們是好人！」

吳峰不苟言笑道：「不管好人壞人，一會兒自有解釋的機會，現在就先委屈大家待在原地，不過，有誰能告訴我這裡到底發生了什麼事嗎？」他掃了一眼道：「小王主席，還是你來說吧。」

王小軍道：「簡言之，就是綿月大師自導自演了一齣搶劫和反搶劫的戲，目的是帶走其中一半的錢，順帶給自己的組織代言，看見這兩個箱子了嗎？每一個裡面都是鑽石，價值三十多億。」

眾人都是唏噓不已，段青青小聲嘀咕道：「我就知道這裡有蹊蹺！」

王小軍道：「綿月待你還算不薄，準備讓你參加紅組，就是可以拋頭露

面的那一組，我就沒那麼好的運氣了，我化裝成李浩加入的是藍組，就是搶劫組，本想著找機會阻止他們，沒想到事到臨頭才發現人家早設好了計中計，他們早就識破了我的真實身分，之所以還帶著我，為的是把黑鍋甩給我。」

綿月冷道：「你當然會這麼說，誰知道你是不是見財起意？」

吳峰道：「這個我們會調查清楚的。」

場上武協的人、綿月的人以及民武部三方陷入僵持，就在這時，一陣密集的槍聲也不知在哪個角落猛然響了起來，眾人都是身手矯捷之人，一瞬間各自躍高伏低或躲在立柱背後，場上頓時大亂。

千面人手提箱子高高躍起掠向門外，郭雀兒手疾眼快跟著飛起，一手搭在了箱子邊上，千面人身體驟然下沉，只能無奈放手；就這樣，郭雀兒就像一隻輕巧的雀兒一樣從鷂子爪子裡搶回了寶貝。

吳峰在槍響那一刻，馬上蹲下身子觀察四周，就這麼一分神間，他暗叫不好，再看綿月幾人時，果然已經全無蹤影。他懊惱得直捶頭，接著發現槍聲來自於眾人身後——那個黑人大使撿起地上特警的槍正在朝天掃射。

這黑哥大概是受驚嚇過度，一邊開槍一邊哇哇亂叫，吳峰慢慢走近，把

證件亮出來大聲道：「我們是警察，你已經安全了。」

黑哥不管不顧，繼續鳴槍，王小軍嘆了口氣，提起腳邊那個箱子，順帶拿過郭雀兒手裡那個，把兩個箱子並舉著前進：「射到裡面的鑽石我可不管啊！」

黑哥立刻扔了槍，死死摟住箱子再也不鬆手了。

王小軍依依不捨地看了那兩個箱子最後一眼，聲色俱厲道：「回去以後，讓你們總統對百姓好點，這錢必須用在建設國家上，不然這幫人還得去找他！」

黑哥嚇得趕緊使勁點頭。王小軍這才拍拍手走回來。

·第二章·

命裡剋星

周沖和甩開劉平的手，一步步走上臺，死死盯著王小軍，一字一句道：「本來我這輩子都不想再見到你了，可你為什麼偏偏又上了武當？我明白了，你就是我命裡的剋星，不把你幹掉，我的心願就永遠達不成！」

當支援的警力趕到時，吳峰安排他們護送大使去機場，搜索現場——黃大飛黃小飛兄弟早已不見蹤影。

王小軍找到金刀王道：「老王，我的車，你徒弟開回來沒？」

金刀王道：「快到了。」

王小軍點點頭，忽然跳到一輛車上道：「今天來助戰的各位朋友、前輩，我謝謝大家的盛情。」

瓦督冷冷道：「不用謝，我不是衝著你，要不是聽說我徒弟在這兒，我也不會來。」

張庭雷道：「我可是衝著你。」

王小軍和他相視一笑，接著又大聲道：「那我走了。」

段青青納悶道：「你去哪兒？」

王小軍道：「你嫂子馬上就要當尼姑了，你說我還能去哪兒——上武當啊！」

段青青這才反應過來他要去找陳覓覓。

這時吳峰走過來道：「王小軍，你和綿月他們摻和到一起搶鑽石是怎麼回事？你是不是得給我一個解釋啊？」

王小軍道：「你不會真懷疑我臥底進來是為了鑽石吧？」

吳峰道：「從理論上來說呢，我們完全有理由這麼猜測，不過嘛……我相信你。」

「那不就結了。」王小軍把手搭在段青青肩膀上對吳峰說，「對了，她也在綿月那待過，有什麼事你問她。」

張庭雷背著手道：「吳老總，這次的事夠綿月喝一壺了吧？」

吳峰遲疑道：「只能說讓他在武林範圍內臭名遠揚夠了，但是想在全國通緝他還是很麻煩，一來他沒露過臉，二來他也沒承認自己就是綿月。」接著對王小軍道：「倒是你，監控器拍到了你的臉，綿月手裡的錄影也有你和他們一起打劫的經過，上面責問下來，我們不好交代呀。」

齊飛道：「法律裡可不認同『臥底』這種行為。」

王小軍手一伸道：「那你們倒是抓不抓我？不抓我我可走了啊。」

吳峰嘆道：「還是我們走吧——記得保持電話暢通。還有，以後有事第一時間先聯繫我們。」

王小軍笑嘻嘻道：「我儘量。」

民武部的人走後，韓敏道：「武當新掌門接任，請柬也送到了峨眉，不

如你跟我們一起，天亮了再出發，算算時間也差不多。」

王小軍手足無措道：「我等不了了！」跳下車就要走，張庭雷忽然拉住王小軍道：「小子，你就沒有什麼話要對我們說嗎？」

王小軍愕然道：「你要我說什麼？」

張庭雷給他使眼色道：「你可是我們的主席，今天武協取得了這樣的勝利，下一步要做什麼你沒有規劃嗎？」張庭雷的意思是要他趁機收攏人心，鞏固勝利果實。

金刀王大聲道：「沒錯，武協多少年沒這樣團結起來跟人打過架了，武協主席我只服你！」

王小軍衝四下抱拳道：「多謝各位前輩抬愛，說實話，我從來也沒想當這個主席，我誤打誤撞進了武林，只因為余巴川傷了我的朋友，也許有人已經看出來了，我爺爺已經功力全失，我也開始受反噬的困擾，武功幾乎廢了，以後我們鐵掌幫只會離武林越來越遠，我本來應該先辭去武協主席之職，不過現在也顧不得這些了，我得在我未婚妻當尼姑前把她攔下來！」

張庭雷道：「你武功都廢了，還想攔下小聖女？要不，我陪你一起去吧？」

江輕霞道：「還有我！」

王小軍笑道：「情我領了，以後我不混江湖了，你們還得混，這種得罪人的事，我比你們熟。」

江輕霞還想再說什麼，王小軍一擺手道：「有想看熱鬧的，咱們明天武當山上見，但我有言在先，不希望大家因為我和武當派結仇，況且我要挽回的是感情，武功高未必管事。」他說完朝眾人揮揮手，大步走向外面。

張庭雷看得盪氣迴腸，望著王小軍的背影幽幽道：「你們猜他能不能把小聖女搶下武當山？」

金刀王道：「去看看不就知道了！」

王小軍還沒走到門口，一個五十來歲的大漢忽然衝進來，看到王小軍之後殷切地問：「那個假李浩到哪兒去了？」來的正是高建平！

王小軍小心地問：「這位老兄，你找他有什麼事？」

高建平拍著大腿道：「你別說，他那套武功雖然是假的，但我還挺服他的。」老頭臉一紅道：「我想跟他學蓮花掌。」

在路邊等了一會，金刀王的大徒弟風塵僕僕地開著車來了。

他剛要開車，有人在外面敲了敲玻璃，接著打開副駕駛的門坐了進來。

王小軍納悶道：「你來幹什麼？」來人是沙麗。

沙麗直視著前方，忽然語氣篤定道：「王小軍，你還是跟我走吧。」

「跟你去哪？」

沙麗道：「找個地方練武。」

王小軍哭笑不得道：「你受刺激了吧？」

沙麗道：「你知道你們鐵掌幫為什麼會受反噬之苦嗎？」

王小軍詫異道：「你知道？」

沙麗一字一句道：「這種剛勁的掌法，陽氣過盛，最後都會出現這樣的局面。」

王小軍驚道：「難道——你們崆峒派也是一樣？」

沙麗道：「你覺得我爺爺為什麼會在十招之後突然敗給綿月？就是因為他自幼練功日積月累的弊病忽然爆發出來。其實他也很早就受這種困擾了，可是跟你們鐵掌幫一樣，也一直沒有找到解決辦法。」

王小軍道：「那你呢，找到辦法了嗎？」

沙麗道：「找到了，那就是練另外一種武功抵消它。」

王小軍忽然恍然道：「所以你的掌法裡總有一股陰勁！」

沙麗道：「它可以救命！」

「你想把它教給我？」

沙麗岔開話題道：「王小軍，我一直覺得你是人才，死了或者武功廢了都很可惜。」

王小軍道：「謝謝，不需要，我怕我練了你那種武功，以後再和人動手翹蘭花指。」

沙麗道：「王小軍，我沒跟你開玩笑。綿月雖然倒了，可民協的牌子還在，甚至這一切都不重要，我們可以從頭再來！」

王小軍瞪大眼睛道：「你當網紅上癮啦？」

沙麗淡淡道：「雖然綿月做的事情不對，但我覺得他的理論是對的，別的行業都在與時俱進向前發展，為什麼武林人就要故步自封？我們都還年輕，是可以為武林做些事情的。」

王小軍趴在方向盤上無精打采道：「沒興趣，你要是沒別的事就下去吧，我還忙著呢。」

沙麗忽然道：「那種功夫……兩個人練比一個人練效果要好。」說到

這，她的臉上竟然浮現出一層紅暈。

「雙修？」王小軍脫口而出，隨即無語道：「我可不跟你蹚這個渾水。」

沙麗瞪著王小軍道：「我哪裡不如陳覓覓？」

王小軍道：「你想聽實話嗎？」

沙麗點點頭。

王小軍認真道：「你長相不如她，身材不如她，性格不如她，這裡（指了指腦袋）也不如她，所謂情人眼裡出西施，她在我眼裡就是完美的。你接近我是因為我武功高、是武協主席，可是她喜歡我，只因為我是王小軍，這點你也比不了——好了，請你下車吧，和別的女人在一起時間太長，我女朋友會吃醋的。」

沙麗氣得臉色慘白，下了車使勁摔上車門，喝道：「王小軍，你會後悔的！」

王小軍一邊開車一邊喃喃道：「跟你雙修我才會後悔呢——」同時心裡默默道：「別怪我對你殘忍，趁早絕了你的念總比拖拖拉拉的強！」

他不知道沙麗是什麼時候開始對他有了這種奇怪的情愫，但很快他就明白了：這並非情愫，而是經過計算的配比，沙麗要完成她的野心，就需要同

樣門當戶對、實力相當的配偶，目前武林裡年輕一代只有王小軍最合適，想到這，王小軍也就釋然了。

王小軍邊開車邊給胡泰來和唐思思打電話，結果都無法接聽，想來這兩人得知明天就是陳覓覓的接任儀式，他們多半也在往武當山上趕，王小軍也就放下了電話。

王小軍不眠不休地趕路，很快就出了河北省。

第二天上午臨近武當山的時候，王小軍已經是一天一夜沒有合眼，他把車開到路邊，把頭探出窗外，往上面倒了一瓶水，一激之下頓時又神采奕奕。終於在中午之前到達了武當山大門。

王小軍一顆心早就飛到了山上，不料車剛過大門頓時被一群保安包圍，一個胖子氣急敗壞地用塑膠棍在富康的前車蓋上點著道：「什麼人這麼不長眼，在今天這種日子亂闖，你知道這是哪嗎？」這熟悉的動作，熟悉的調調，正是武當山保安隊長劉胖子！

王小軍把頭探出去，沒好氣道：「你就算不認識我，也不認識這輛車嗎？」

劉胖子乍見王小軍，一愣之後，忽然整個人匍匐在車頭上，一邊殺豬似的叫喊起來：「不好了，王小軍來了！我在這頂著，你們快去報告山上各位師父師祖，就說他們千防萬防的煞星還是來了！」

幾個保安聞言飛快地跑上山去。

王小軍等了一會，終於耐不住性子喝道：「滾！」

劉胖子悻悻地爬下來，王小軍道：「我問你，掌門接任儀式在哪舉行？」

「鳳儀亭……就是你上次和人打架那地方。」

「幾點？」

劉胖子訥訥道：「說是正午時分，大概就是中午十二點吧。」

王小軍把車開得像彈出去一樣，現在距接任儀式只有半個小時的時間了！

鳳儀亭屬於武當後山，有相當長一段路只能步行，到了山腳下，王小軍衝出車門，連鑰匙都顧不上拔，連滾帶爬地飛奔上山，剛跑沒幾步，一個中年道人忽然出現在前面的石階上，怒目橫眉道：「站住！」

王小軍愕然抬頭，見這道士依稀臉熟，不禁道：「你你你，你是叫道明還是明道來著？」

這人正是淨塵子的大弟子，以前也和王小軍交過手的。

「貧道道號道明！」道明森然道：「今天是我們新掌門接任儀式，不歡迎閒雜人等！」

王小軍點頭道：「明白了，你們是接到劉胖子的警報來阻止我上山的，那就廢話少說，你不怕我的鐵掌了嗎？」

道明冷笑道：「我聽說你武功已廢，還在這狐假虎威嗎？」

王小軍皺眉道：「你怎麼知道的？」雖說知道這件事的人已經不少，但沒理由這麼快就傳到武當才對。

道明自覺說漏了嘴，飛撲而下道：「我正好報上次的一箭之仇！」

王小軍暗暗嘆氣，事到如今也只能硬著頭皮上，當下手掌一擺，打出一朵巨大的蓮花。

道明詫異道：「你不是……這是什麼掌法？」

王小軍沒工夫和他鬥嘴，一掌一掌狂拍過去，道明也不知是對王小軍有心理陰影還是被這套絢麗的掌法晃花了眼，居然無從還手，一步步地後退，不斷失守，終於腳後跟在臺階上一磕，身子踉蹌之下頓時中了一掌，噗通一聲坐倒在地不能動了。

「現在是兩箭之仇了。」王小軍掃了他一眼，繼續上山。

他剛轉過一個山腳，就聽「哈——」的一聲，前面忽然出現七個青年道士，他們均手持長劍，在王小軍面前一字排開。

王小軍崩潰道：「怎麼又是你們？」

為首那道士奇怪道：「你認識我們？」

王小軍搖頭道：「不認識，但我識數，我知道七個人一起出現的時候，你們必然要擺陣了。」

那道士得意道：「算你知道厲害，來，聽我口令，北斗七星陣——」

不等他下一個字脫口，王小軍上去就是一掌：「我讓你擺！」

那道士一慌，胸口頓時中掌，剩下六個一陣大亂之後滾的滾，叫的叫，王小軍不費吹灰之力就衝了過去，邊跑邊回頭道：「教你們以後跟人幹仗先擺好陣再說，現代人節奏那麼快，誰有工夫等你們？」

王小軍一路上山，不斷遇上前來阻止他的小道士，有時候一兩個，有時候三四個，好在這些道士大多武功不高，居然被他不斷過關，但就算如此，王小軍也越來越心急如焚，他再看表，已經過了十二點了！

這時前面又出現兩個小道士，王小軍眼睛發紅，喝道：「滾開！」

其中一個小道士忽然脆生生道：「王小軍，是我們呀。」

王小軍一愣，這才發現這兩人一個臉蛋黑一點，一個白一點，而且也不是小道士，是小道姑。

「明月，靜靜？」王小軍詫異道：「你們也是來攔我的嗎？」

靜靜板著臉道：「你是來娶我們師叔祖的嗎？」

王小軍咬牙道：「廢話，不然我來幹什麼？」

「那就快跟我們走。」靜靜不再多說，在前面撒腿就跑。

王小軍道：「喂，你要帶我去哪，逃跑我可不幹！」

明月一邊跑一邊道：「這是一條近路，沒人知道，我們帶你去見師叔祖！」

兩個小道姑在前面帶路，竟也奔走如飛，王小軍心裡暗自慶幸，要照他剛才那麼打上去，真不知道要打到什麼時候去了。

明月和靜靜把王小軍帶到一片小樹林邊上，明月指著前面道：「吶，那就是鳳儀亭，剩下的事我們就幫不了你了。」

王小軍往前看了一眼，只見鳳儀亭前烏壓壓聚集了一片人，有俗有道，其中光是穿道袍的老者就不下四五十人，那些人中也有不少依稀臉熟，應該是在武協大會上見過的武林裡有名望的前輩名人。眾人均是肅穆默然，一起抬頭看著鳳儀亭。

鳳儀亭上，陳覓覓全身道裝，神色木然地站在那裡，身邊各有八名道士手捧各種典禮器具相伴，今天是她接任掌門的日子，她臉上既沒有笑容也不悲傷，就像在旁觀別人的事情一樣，才幾天不見，陳覓覓又瘦了不少。

王小軍快步跑向鳳儀亭，這時鳳儀亭上除了陳覓覓，劉平正在念誦祝詞，忽見王小軍，脫口便道：「壞事了！」

王小軍一個箭步跨上亭子，衝到陳覓覓跟前拉起她的手道：「不是不讓你當道姑嗎？」

陳覓覓下意識道：「我還沒當。」

王小軍又驚又喜道：「你這是特意在等著我來啊？」

陳覓覓語速飛快道：「是也不是，其實是我還沒想好。」

她見了王小軍，就像乾枯的植物遇到了大雨，表情漸漸舒展開來，二人四目相對，竟然忍不住一起大笑起來。

臺下眾人有的驚愕無語，有的目瞪口呆，還有彈冠相慶的——武當派在掌門接任大典上出了這樣的狀況，接下來的好戲註定會不虛此行啊！

周沖和臉色慘白，厲聲道：「王小軍，今天是我們掌門加冠禮，你要幹什麼？」

王小軍一把把陳覓覓摟在懷裡，「覓覓，你不要當掌門了，跟我走吧！」

明月和靜靜相擁而泣道：「太浪漫了！」

劉平看不下去了，沉聲道：「師妹，別忘了你肩上的責任。」

陳覓覓輕輕推開王小軍，擦著眼角的淚痕緩緩搖頭道：「師兄，我本來還在掙扎是選責任道義還是個人幸福，如果你不讓我看見王小軍我可能就認命了，可是既然見著了……我也還是認命——」

王小軍吃驚道：「覓覓你幹什麼？」

陳覓覓繼續道：「請你原諒我自私一次，我發現我無論如何都捨不下他，你們也不想我當了掌門以後，做出更有損於武當派名聲的事情來吧？」

劉平頓足捶胸道：「那你就眼睜睜看著武當派再次陷入內亂嗎？」

王小軍朗聲道：「你說的內亂，無非是掌門之位落入別的派系手中，你們是龍游前輩的直系弟子，可你們選覓覓當掌門，不就是貪圖她年輕好掌控嗎？」

淨塵子陰陽怪氣道：「嘿，稀罕，你居然也有幫我們說話的時候。」

王小軍道：「我沒替你們說話，我只說實話，武當派裡我只服淨禪子道長，武當派有他在，才是人心所向的武當派，是你們因為私心，借由莫須有

的罪名把他的掌門之位給剝奪了，我斷言武當派會從此由盛轉衰，但是這個鍋我們家覓覓不背，你們誰愛背誰背去。」

陳覓覓一頓道：「沒錯！自從這事事發之後，我一直想的都是怎麼委曲求全，可是卻忽略了根本——我掌門師兄本來就是無辜的，你們憑什麼奪走他的掌門之位？」

劉平無奈道：「這事要能扯清楚，我們還要你回來幹什麼？」

陳覓覓目光灼灼道：「怎麼就扯不清楚？他們說掌門師兄是在入了武當派之後有了兒子，那他兒子多大、師兄在武當派多少年？這種事小學生都能搞清楚！」

劉平攤手道：「可是師兄他又不願意說出他兒子在哪兒……」

陳覓覓道：「這是人之常情，誰願意自己的兒子都三四十歲了又被牽扯到這種事情中來？」

說到這，陳覓覓也明白了，淨禪子是怕連累兒子，所以什麼都不肯說，而這事的幕後主使自然樂得坐享其成，你既然不舉證，我正好省事。

王小軍小聲問陳覓覓：「你師兄呢？」

陳覓覓用眼神指了指鳳儀亭不遠處的掌門住處，道：「我師兄自打回山

以後，就把自己關了禁閉，什麼也不說，什麼也不解釋。」

王小軍道：「看來他是寒了心，這事的關鍵不在你師兄，而在那個幕後主使，不把他揪出來，武當派就安生不了，就算你當了掌門，也會成為下一個被暗箭所傷的人。」

陳覓覓點頭道：「有道理。」

這時，淨塵子拖著長長的怪調道：「陳覓覓自願放棄掌門之位，那這個掌門到底是誰當啊？」

王小軍道：「反正不能是你當。」

淨塵子瞪眼道：「怎麼，你剛混了一個武協主席的名頭，就跑這兒發號施令來了？」

王小軍笑道：「你不說我還忘了，如果我真以武協主席身分命令你，管用嗎？」

淨塵子勃然道：「不管用！這是我們武當派自己的家務事，天王老子來了也管不著！」

王小軍道：「總之今天的局我也攪了，武當派也得罪了，接下來好戲又要開始——哪位不服，儘管上來！」

陳覓覓吃驚道：「小軍你幹什麼？今天的事可不是武力能解決的！」

王小軍小聲道：「先故意把水攪渾，誰跳出來，誰就是幕後主使！」

陳覓覓恍然，接著憂心道：「可是……你無論如何也不可能真的和全武當為敵啊，再說，你反噬的弱點還沒解決。」

這時淨塵子已經大聲道：「王小軍，你不要再虛張聲勢了，你武功已廢，在這出什麼頭？」

陳覓覓嚇了一跳道：「什麼？這是怎麼回事？」

王小軍衝她一笑道：「你有幾天沒關注江湖時事了？」隨即又道：「放心，打淨塵子這樣的我還能湊合。」

淨塵子噌地蹦上臺，目光閃爍道：「各位師兄師弟，你們都看見了，王小軍仗著自己武協主席的身分，要橫要到咱們武當頭上來了，我這可是為武當出頭。」

他盯著王小軍，有恃無恐道：「你別以為我不知道，你爺爺把一身內力傳給你，可你們鐵掌幫的武功存在致命缺陷，導致你們爺孫倆武功都廢了，上次道爺大意了，讓你個小兔崽子占了便宜，今天我要連本帶利一起收回！」

王小軍道：「你徒弟跟你想到一塊去了，你去看看他的墳頭草長多高了。」

陳覓覓急道：「小軍，你到底行不行呀？」

王小軍拉著她的手把她送到臺下，微笑道：「你瞧著就好了。」他重新回到臺上，看著淨塵子忽然噗嗤一樂。

淨塵子發毛道：「你笑什麼？」

王小軍悠然道：「看到你我忽然想到，我好久沒打老頭了。」

淨塵子冷冷道：「你少得意，上次栽在你手上，也是因為你用了我們武當派的武功，可見你們鐵掌幫的功夫稀鬆平常。」

王小軍道：「你不用激我，不過你都這麼說了，我今天就對你開個特例——打你不用游龍勁。」

淨塵子眼睛一亮道：「這可是你說的！」

王小軍淡然道：「我說的，我要是用了游龍勁就算我輸。」

淨塵子二話不說飛身撲向王小軍，這個承諾對他而言是意外之喜，游龍勁最擅以一搏十、以弱勝強，說實話，淨塵子心裡對此十分忌憚，王小軍願意放棄不用，他自然是求之不得，底氣也頓時足了起來。

王小軍對這一仗卻是有心理準備，於是安之若素。淨塵子一掌襲到，他側身邁步，掌綻蓮花。淨塵子略覺意外，看王小軍腳步虛浮，那確實是內力不足的樣子，可看他掌法綺麗，卻不像傳說中武功全失，但好在他也察覺出這套掌法威力大不如鐵掌，於是得理不饒人地纏了上來。

淨塵子連綿向王小軍攻去，王小軍眼見對方手掌籠罩過來，右臂一抬，把淨塵子的攻勢托了一把，使這一招的氣力全部砸進了空氣。

下面的觀眾們都發出「唔」的一聲，原來王小軍這一招借力化力用的正是武當派太極拳的手法，在武當山上和武當門人動手卻用太極拳，這實在是一種打臉的玩法。

淨塵子自然明白自己無形中又丟了一次人，憤然道：「你這用的是什麼功夫？」

王小軍道：「只要是功夫就行了，你管我用鐵掌還是用別的，跳水的改練跳高就不叫運動員了嗎？」

在人們的哄笑聲中，二人一錯身，王小軍不知怎麼繞到了淨塵子的身後，伸手抓住淨塵子的脖子把他往臺下一扔，淨塵子高呼一聲撲倒在塵埃裡。

淨塵子兩次敗在一個後輩手裡，踉蹌著爬起來，一張臉憋得像豬肝一

樣，茫然地抬頭看著臺上的王小軍，喃喃道：「這到底是什麼武功？」

王小軍吭哧半天道：「如果非要起名的話，就叫鐵蓮掌吧。」

對這場勝利是怎麼來的他也如墜雲霧，只知道自然而然地就到了這一步，他意外地發現，就算不用游龍勁，淨塵子也沒有想像中的那麼難對付。

陳覓覓驚詫地看著王小軍，王小軍的功夫風格她瞭若指掌，可他剛才在臺上的表現和以前簡直是判若兩人，幾乎完全看不出鐵掌幫的路數了，要不是她確認這人就是王小軍，差點以為這是別人冒充的了。

王小軍蹲在臺邊上，笑嘻嘻地問：「下面還有哪位武當派的高手上來賜教啊？」

這時，一個人如同行屍走肉一般越眾而出，嘴裡喃喃道：「為什麼，為什麼又是你！」

劉平吃了一驚，伸手拉住他，低聲道：「沖和，你不能去！」

周沖和甩開劉平的手，一步步走上臺，死死盯著王小軍，一字一句道：「本來我這輩子都不想再見到你了，可你為什麼偏偏又上了武當？」

王小軍頭疼地道：「老兄，怎麼說你也和淨禪子道長還有覓覓是一派的，難道我們不該一致對外嗎？」

周沖和似乎對他的話置若罔聞，咬牙道：「王小軍我明白了，你就是我命裡的剋星，不把你幹掉，我的心願就永遠達不成！」

王小軍道：「如果你的心願就是把覓覓留在武當山上，我確實不能讓你達成！」

這時他忽然對周沖和有些同情，溫言道：「周兄，愛一個人是希望她能得到幸福，不是不擇手段地把她強留在身邊。」

周沖和嘶聲道：「你少跟我說這種屁話！這都是自欺欺人的話！」他雙眼發紅，揚著手臂吼道：「我對覓覓的愛不比你少！」

下面無論是賓客還是武當門人均是目瞪口呆，直到這時，武當派絕大多數人才明白了他的心思，就連陳覓覓也是頭回聽他說出來，這時才知道周沖和居然對自己有私心，不禁長長地嘆了口氣。

王小軍知道和周沖和勢必不能善了了，嘆道：「看來咱倆這架是非打不可了。」

周沖和努力恢復冷靜道：「我們來一局定勝負吧，誰輸了誰就要放棄覓覓，你敢不敢？」

王小軍義正言辭道：「幼稚！覓覓又不是個東西，誰也沒權利把她當戰

利品！」

周沖和冷笑道：「你是因為沒把握贏我才這麼說的吧？」

王小軍昂然道：「就算有把握我也是這麼說——當然，我確實沒把握贏你。」

周沖和道：「所以，你輸了也不肯放棄覓覓？」

王小軍撇嘴道：「當然不肯，贏了，我固然要光明正大地娶她，輸了也要鼻青臉腫地帶她走！」

周沖和幾乎一口血就要噴出來，下面的人更是絕倒，一些還不太瞭解王小軍的人道：「不知道武功上誰高誰低，但要比臉皮厚的話，武協主席已經贏了！」

周沖和也不多說，跟身進步就是一掌，他是武當後一代中的翹楚，光憑這一招，臺下眾人已對他刮目相看。

·第三章·

只要有用就好

王小軍明白了一個武學上最簡單的道理：武功和門派有高低之分，掌法有強弱之分，但事到臨頭不管什麼，只要有用就好！因而不論什麼門派，什麼武功，只要能拿來用的，他就毫不客氣地照搬，手上越打越順。

王小軍眼睜睜地看著這一掌打來，竟不知該如何應付，對方攻勢吞吐閃爍，身周氣勁氤氳，他感覺自己就像是一條小溪，此刻四周都是江河湖海，無論如何掙扎都會立刻被吞沒。他從前竟不知道周沖和武功如此之高！轉念一想也就明白了，看來周沖和這段時間沒幹別的，一心一意在研磨武功，而且是有特意研究過鐵掌和游龍勁，說到底，他的底子、資歷都遠不如周沖和，一個有心一個無意，王小軍遭遇變故後，這差距又拉開了。

眼見就要中招，王小軍忽然一矮身，胳膊奮力前探，手掌直奔周沖和肋下切去，這已經是兩敗俱傷的打法——你先打中我不要緊，我也勢必要你身受重傷！

太極拳本就最擅借力化力，周沖和手腕一抖，一股柔力撞向王小軍的胳膊，王小軍前臂撥轉將他的手掌彈開，隨即雙手合併去抓對方袖口，竟似想要把周沖和給掄到臺下去，這一招深符街邊混混打架的路數，仗著有把力氣掄摜推搡，看得臺下眾人大跌眼鏡，哭笑不得。

其實這三招已是王小軍絞盡腦汁殫精竭智的成就，尤其是第二招，那是他結合了陳覓覓教他的揉手、總結了和司機交手的經驗，加上有纏絲手的先天之利才應運而生的。至於最後一招那就是無奈之舉了——他覺得每一招都

處在山窮水盡的地步，巴不得早早結束戰鬥。

周沖和冷冷道：「你怎麼不用游龍勁了？」

王小軍只有苦笑。要在以前，鐵掌配合游龍勁，這兩種功夫，一個天下至剛，一個天下至柔，自然易立於不敗之地，但這會他不能用鐵掌，游龍勁終究是源出武當，周沖和這樣的本門高手既然刻意研究過，那就很難再對他奏效，就算用，也只能是勉力維持局面而已。

周沖和這段時間勤學苦練，唯一的假想敵就是王小軍，可以說，這一戰是他全部的希望，投入了全副的心力；從某種角度上說，這時的他已經到達了自己武技的巔峰，無論是心理上還是生理上都進入了忘我的境界。

這時見王小軍確實不是自己之敵，這時一個念頭忽然閃現在他腦子裡：只有殺了王小軍才能讓覓覓全心全意地留在武當！

周沖和一念至此，身子已經搶先行動，王小軍被他掌力籠罩，同時預感到了極度的危險！他飛身一個翻滾躲開，狼狽至極。

這時陳覓覓一語不發地躍上臺，施展雙掌屏開周沖和的攻擊，怒目橫眉道：「你敢傷他一根汗毛，我跟你同歸於盡！」原來她也看出來周沖和動了殺機。

周沖和既然打定了主意，也就毫無保留，索性先把陳覓覓制住，陳覓覓漸漸被逼到了角落裡。

王小軍一骨碌爬起來接住周沖和，對陳覓覓道：「以前我是單身狗，現在他是單身狗，強弱逆轉，你快走！」

陳覓覓無語道：「都什麼時候了你還……」

周沖和怒意漸生，陳覓覓這時擋去了他大半的招式，他索性丟開王小軍，和陳覓覓兩個拼鬥起來，臺下眾人看得驚嘆連連。

這時周沖和終於讓陳覓覓的防線出現了紕漏，他一掌按在陳覓覓肩頭，同時暗勁內生潛運過去，陳覓覓噗通一聲坐倒在地，一時動彈不得。

王小軍頓時臉紅脖子粗道：「姓周的，你居然打女人？」

周沖和淡淡道：「是你逼我的！」

王小軍猛衝而上，奮力擊出一掌。他這段時間用的最多的就是「蓮花掌」，鐵掌不能用之後，他自然而然地又把這門功夫搬了出來，但是蓮花掌在高手面前底蘊不足，而且他莽撞冒進，對上太極拳正是犯了大忌！

周沖和冷笑一聲，左手一抹將他的攻擊化開，右掌全力向王小軍心口拍去！

陳覓覓厲聲叫道：「小軍！」

在這一瞬間，王小軍甚至有些發怔，這一瞬間似乎變得無限長，陳覓覓的一聲叫喊猝然將他驚醒——他可以不怕死，但他知道自己死了以後，陳覓覓也沒法活。在電光火石的剎那，王小軍咬緊了牙，啪地遞出去一掌。

這掌歪歪斜斜地打在周沖和的右掌上，就像起了某種化學反應，這兩個人就像燭火爆裂聲中的兩隻飛蟲，忽然遠遠地分開了！

周沖和眼裡閃著不可思議的神色，吃驚道：「這是什麼掌法？」

王小軍的這一掌，既不是鐵掌也不是蓮花掌，但它出擊的力度、角度，都已不能用絕妙來形容，就像是冥冥之中早就存在，就為了在這一秒用來對付周沖和似的。

王小軍自己也愣住了，他不知道自己什麼時候、在哪兒學過這麼一掌，苦思冥想之後，忽然恍然，這一掌不是具體從哪學的，而是讓他想起了很多場景——當初爺爺教他鐵掌的時候、在少林寺和匯通切磋金剛掌的時候、臥底民協和綿月甚至是沙麗交手的時候……在這些場合裡，他的對手都比自己要強大，好在這些對手都沒有對他痛下殺手，說白了，這些時刻都是他無力回天的時刻，這些場景卻在無時不刻地困擾著他，耳提面命地提醒著他：這

世上還有很多人你無法戰勝，但你不可能永遠幸運下去。

此刻的一掌，正是他面對過這麼多危機後集大成的一掌！當世上只有一百種失敗的方法，而你已經嘗試了其後的九十九種後，那說明你離成功很近，並且別人再很難打敗你了！

對於這個小小的意外，周沖和並不太在意，但當他再次面對王小軍時，他發現對方起了一種微妙的變化——不再畏手畏腳、不再自慚形穢，王小軍的一招一式都打得自然流暢，像是換了一個人。

這時的王小軍發現自己明白了一個武學上最簡單的道理：武功和門派有高低之分，掌法有強弱之分，但事到臨頭不管什麼，只要有用就好！因而不論什麼門派，什麼武功，只要能拿來用的，他就毫不客氣地照搬，一時間，胡泰來的黑虎拳、峨眉的纏絲手、武當的推手、少林的金剛掌、崆峒的伏龍銅掌、自創的蓮花掌，甚至是金刀王的刀法都被他信手拈來，拿來就用，腦子裡門派和功法的區別漸漸淡漠，手上卻越打越順。

兩人以快打快，瞬間就過了五十多招。

從局面上來說，周沖和就像正經科班出身的服裝設計師，設計出來的東

西完全是主流審美觀的體現，一看就知道是經過正規學習，這種設計師是所有人都歡迎的；而王小軍是那種讓模特兒身上掛條床單或者窗簾就敢上伸展台的設計師，誰也不知道他到底是天才還是瘋子。

當一絲惶惑進入周沖和的心裡時，他的腦子很快就被一種蒼涼的情緒填滿了，他在想，他有句話可能一語成讖了——王小軍真的是他的天敵。

這時候場上起了微妙的變化：原本險象環生節節敗退的那一個，現在心無旁騖，而另一個變得失魂落魄神遊天外。看上去兩個人打得仍然十分激烈，但劉平已經一眼看到了結局，面色凝重地喃喃道：「以沖和的性子可受不了在一個地方摔兩次跟頭……」

周沖和眼神漸漸黯淡，本來應該抬手化解掉的一掌，他居然慢了一個步調，索性也懶得再躲，就那麼呆呆地站在原地，眼瞅王小軍的手掌就要拍上他的前額，眾人都是一聲驚呼。

王小軍在距他面門前兩三公分的地方停下手掌，周沖和淡淡道：「不用假惺惺，你打死我吧。」

王小軍放下手掌道：「其實就算現在，你的武功也絕對在我之上，可是你知道你為什麼輸嗎？」

周沖和神色一閃道：「為什麼？」

王小軍道：「因為你知道就算你贏了，覓覓也不會留在武當。」

周沖和忽然面向陳覓覓大聲道：「覓覓，你留下來吧！」他走向陳覓覓，表情激動道：「剛才他也是這麼求你，現在我也求你一次，你留下來好嗎？」

面對周沖和的懇求，陳覓覓搖頭道：「我答應和王小軍走，是因為我知道我就算不和他走，他也不會逼我，而你從來沒給過我選擇的餘地。」

這時靈風蹦上臺來，伸手一指道：「王小軍，今天你讓我們武當派顏面盡失，來，你我先比劃比劃，然後我再找你要個說法。」

陳覓覓忙道：「靈風師兄，我是自願放棄接任掌門的。」

靈風不慌不忙道：「王小軍這回上武當，心裡肯定早就做好了要和所有老道都打一架的準備，不信你問他。」

王小軍笑而不語，靈風頓時道：「你看你看，他自己都承認了。」

陳覓覓無奈，對靈風道：「論輩分，你可是他的長輩，希望你們點到為止。」

靈風不耐煩道：「好了好了，你是怕我傷了他，還是怕他傷了我？你快下去吧。」

陳覓覓只得跳到臺下，在邊上站好。

王小軍見靈風忿忿不平的樣子，不禁笑道：「道長，你等這一架已經等了很久吧？」

靈風道：「可不是麼，要不是你鬧這麼一齣，我還真不知道該找個什麼理由和你動手了。」

王小軍道：「那就不多說了。」

「等等。」靈風忽然面對臺下道：「諸位，今天是我們武當派新掌門上任的日子，王小軍攪鬧上山，我們勢必要他給個說法，不過，為了不讓人說我們以多欺少，這樣吧，別門別支我管不著，我謹代表武當七子出戰，要是王小軍贏了我，剩下的幾位師兄能不再過問此事了嗎？」

眾人都朝武當派最前面那排看去，除了淨禪子，剩下的五個老道個個面無表情，一副超然物外的樣子。靈風頓了頓道：「好，看來沒人有意見。」

王小軍意外道：「靈風道長，你這是什麼意思？」

靈風道：「我們武當七子，個個名滿江湖，難道能群毆你不成？所以我把話說在前頭，不過我還得跟你說一聲，之後肯定還會有武當派的人找你麻煩，那我就無能為力了。」

王小軍道：「多謝道長。」

「不要謝我。」靈風躍躍欲試道：「我提個要求，要打就好好打，你能不能把我當成你的仇人那樣對付？」

王小軍還是第一次聽到這種要求，哭笑不得道：「我盡力吧。」

「那你看招！」靈風滿眼都是興奮，但他的起手式居然用的是拳，而且像是外家拳，也就是說，跟太極功夫不沾邊。

王小軍一時興起，也用拳頭擋了過去，靈風伸手招架，忽然點了點頭道：「你這是黑虎拳的路數。」

王小軍聽陳覓覓多次說起過這位靈風師兄，他也是龍游道人的親傳弟子，年輕的時候交遊廣泛，是個極其熱衷於和人切磋武功的武瘋子，也極得龍游道人的喜愛，正因如此，他的本門功夫不但精益求精，見識也很廣博。

他原是武當七子中最年輕的一個，這些年來，師兄們日漸老去，和人動手的情況越來越少，靈風的地位穩步提升，儼然有武當七子代言人的架勢。

王小軍和靈風雖然只見過寥寥幾面，且並無過多交流，但覺得和這老頭脾氣相投，為了表示對靈風的尊敬，真是毫無保留地把全部本事都拿了出來。

二十來招一過，下面的人看得倒是津津有味，靈風除了太極拳，其他的

武功可謂又雜又精，加上王小軍這會也是大亂鬥，兩個人交手看頭十足。

不過王小軍卻看出靈風並未用全力，忍不住道：「道長，你為什麼要讓著我？」

靈風道：「聽說你內力出了問題，那咱們就只在招式上見高低。」

王小軍見他在說這句話時不自覺地露出失望的神色，不禁心中一動：「我雖然出招沒有偷奸耍滑，不過已經默認了結局，這何嘗不是一種消極態度，靈風武功那麼高又怎會看不出來？人家把你當個人物，珍而重之地來和你比武，你這麼做未免太不上道了，靈風也是看出這一點才失望的。」

想到這，王小軍忽然大聲道：「道長小心，我可要會什麼使什麼了！」

靈風一愣道：「什麼意思？」

王小軍離著老遠衝他推出一掌，靈風向前一接，忽覺就像打在了厚厚的氣墊上，急忙腳尖點地，利用暗勁周旋才沒有被推個趔趄，不禁又驚又喜道：「這就是你我第一次交手時你用的游龍勁？」

王小軍道：「就知道你惦記著，今天讓你看看全版本的。」

靈風喜道：「那最好了。聽說游龍勁專剋太極拳，我想試試，看招！」

靈風裹挾著一股疾勁飛撲向王小軍，王小軍專心致志地把全部能調動的

內力全都在身周佈置成游動的氣龍。

靈風掌掌犀利綿長，又屢屢被那些氣龍彈回，臉上神色又是雀躍又是凝重，絞盡腦汁地要突破這層防護。二人這次都用上了賴以成名和自保的絕學，但從表面上看反而不如剛才激烈，而且越打，離的距離越遠。

王小軍接納了爺爺六十年功力，在車庫一戰終於嘗到了反噬之苦，萬幸的是，他發現只要不用鐵掌的招式，這些內力便不足為患，所以這兩天他和人動手，用的全是東拼西湊的掌法，現在使用游龍勁，就需要內力快進快出，似乎引起了寄存他身體裡其他內力的波動，這股渾厚無比的內力在他體內各條經脈穿行奔走，王小軍頓時慌了神。

靈風正是興高采烈的時候，王小軍的游龍勁一使出來，他頓覺奧妙無窮，從前都是自己用太極拳讓別人暈頭轉向，這次終於輪到自己不得要領，靈風越打興致越高，下決心一定要靠聰明才智破解掉對方的氣龍，但他見王小軍忽然變顏變色，接連出了幾個紕漏，皺眉道：「小子，你怎麼了？」

王小軍為了不讓他掃興，乾脆反攻了過去。靈風是感覺何等靈敏之人，他早瞧出要想破解游龍勁，最便宜的法子就是找準氣龍與氣龍之間的空隙，這也是上次周沖和採取的戰略。

王小軍這一冒進，靈風猛地一掌探出，順時應節地在兩條氣龍遊走的空檔撞進了氣牆，靈風大喜，心說只需在王小軍身上再拍一下就可以宣告勝利，不料王小軍腳下突兀地一擰，整個人靠了上來。

靈風直道這是王小軍無奈之下的昏招，照舊一掌拍去，結果對方氣龍遊走續接，這一掌又打在了氣層之上，他身子失衡向後一個趔趄，王小軍也老實不客氣地趁勝用手掌托向他的小腹，靈風驟然躍起，接連踢出七八腳，王小軍無暇多想，也是以快掌相迎，雙方在半空中對了一招，各自退了十幾步。

靈風還沒站穩，眼神裡就全是激賞和讚嘆，大聲道：「這招妙！」

王小軍笑道：「道長也不差。」兩人說話間又打在一處。

這一次王小軍沒有再刻意防禦，游龍勁終於漸漸融入他的武功體系之中。如果說和周冲和一戰是奠定了王小軍的理論基礎，那麼和靈風交手的過程，就是在不斷充實和積累實踐經驗，經此一役，王小軍又提升了一層境界。

兩個人越往後打，招式越質樸簡單。下面的人也分成了兩種情況：看不懂的人覺得乏味無聊，哈欠連天；看得懂的人戰戰兢兢，自嘆弗如。

王小軍打著打著忽然嘿嘿地樂了起來，靈風疑惑道：「你怎麼了？」

王小軍臉一紅道：「我發現我的武功還挺高的……」

靈風聽王小軍忽然冒出這麼一句，居然認真地應了一聲：「你的武功當然不錯，不然怎麼能跟我對付到現在？」說完這句話，他神色一變，忽然撤身站住，幽幽道：「罷了，別打了，算平手吧。」

王小軍愕然道：「是不是我這牛吹得你沒心情了？」

靈風壓低聲音道：「咱倆這樣打下去不知道要到什麼時候，我下去之後，你還得對付很多人，我是不想讓你把力氣都耗光。」

王小軍恍然，感動道：「道長，下次不管你去找我也好，我來武當也好，我一定好好陪你。」

靈風依依不捨的樣子，王小軍都看在眼裡，知道他遠遠還沒盡興，這份人情可不輕，也足見武當七子之磊落。

靈風下臺之後，武當派一時再無人上前挑戰。淨塵子、周沖和、靈風都是本門頂尖人物，他們都沒能收拾下王小軍，後輩弟子一來自覺取勝無望，二來，這時候貿然上去豈不是有小瞧前輩的意思？至於武當七子，已經有言在先不再繼續挑戰，可是這時王小軍還在公然叫號，作為武林裡影響至深的大派，總不能就這麼僵著吧？

劉平眼望武當諸人，沉吟道：「這……」

淨塵子忽道：「我有個提議。」

劉平無奈道：「請講。」

淨塵子道：「時值武當生死存亡之秋，我建議，誰能收拾得下王小軍，我們就奉他做掌門，各位有何高見？」

靈風嘿然道：「我要說你這算盤原本打得不錯，可是有一點我不明白，你都已經敗下陣來了，這個提議對你有什麼好處嗎？」

劉平皺眉道：「而且恕我直言，咱們武當派中並非無人，只是有把握能拿下王小軍的人起碼是你我的同輩，咱們都這把年紀了，說句不好聽的話，不管誰當了掌門，最多也就安穩不過十年，然後呢，不免又要陷入內亂——別忘了師尊在臨終前安排讓覓覓當掌門的深意，他老人家就是希望武當能長治久安啊！」

淨塵子冷笑道：「劉師弟不用說得這麼冠冕堂皇，你們無非是怕掌門之位落在我們這些支系手裡，不過，陳覓覓是自願放棄當掌門的，你們總不能為了把掌門的位子留在手裡，就一點體面也不要了吧？」

劉平氣結道：「你——」

靈風道：「按你的說法，其實就是誰武功高誰來當掌門，武當派裡除了淨禪子師兄，誰也沒有藝壓群雄的把握，到時無非又是一場混戰。」

王小軍蹲在臺邊道：「如果要是誰能打敗我就讓誰當武當派掌門，那我推選靈風道長，剛才那一戰我認輸。」

靈風哈哈大笑，連連拱手道：「多謝小兄弟抬愛，我要真就這麼當上了掌門，可要多謝你了。」

他身後武當七子中，一個年紀極老的道人沉聲道：「可是要說藝壓群雄，靈風師弟也談不上吧？」

靈風正色道：「所以淨塵子的提議根本就是放屁，他就是唯恐天下不亂，比武奪掌門這種事絕不可做！」

王小軍探頭問臺下的陳覓覓：「武當七子不是一勢的嗎？怎麼也抬槓？」

陳覓覓道：「武當七子中，我師父的親傳弟子只有四人，現在不算武功最高的淨禪子師兄，是三對三，所以靈風師兄說他代表武當七子時，誰也沒反對，因為大家現在勢均力敵，牽一髮而動全身，就算他代表武當七子，也只能是包攬和你動手這樣的苦力活，卻無權競爭掌門之位，畢竟總不能有七個掌門吧？」

王小軍道：「我聽說其他三個的功夫也都是你師父教的，他們這麼做不是忘恩負義嗎？」

「可以理解吧。」陳覓覓道：「所謂身不由己，就算他們沒有世俗心，可哪一個不是弟子徒孫一大堆，他們不爭，自然有人替他們爭，能保持中立不出來鬧事就算不易了。」

陳覓覓嘆了口氣：「我不當這個掌門，把大家都害慘了。」

王小軍道：「快別這麼說，你年小德薄，當了掌門以後，讓他們看到希望更得爭，你以為那些支派的門人為什麼同意讓你上任，不就是為了拿你當個過渡，最終目的還是要趁虛而入。」

陳覓覓又嘆了口氣，眼望淨禪子的小屋道：「我師兄也真是耐得住，武當都這步田地了，他還不出面。」

王小軍道：「外人的刀槍劍戟不可怕，自己人的一盆髒水就足以讓人心死，我要是你師兄，我也不管你們了。」

這時淨塵子又大聲道：「我剛才的提議大家都不同意沒關係，那我再加一條限制。」

劉平道：「你說。」

淨塵子道：「我們這一輩人不算，晚輩弟子中，誰能打敗王小軍我們就讓他當掌門，如何？」

他此言一出，眾人都把目光投在周沖和身上，就是不知道剛才敗下陣來還算不算數，這時道明也一瘸一拐地爬上山來，大家掃了他一眼，都是大搖其頭，淨塵子的這位高徒怎麼看都不像能擔起救世主重任的樣子，大家都清楚淨塵子自私狹隘，不過要說這次有私心，卻是誰也看不透他要怎麼把利益套現。

淨塵子見無人說話，又問道：「你們到底同不同意？」

武當諸人私下裡交換著神色，仍然沉默著。

劉平思前想後，覺得這次淨塵子肯定無法投機，這才一笑道：「我看可行，要是年輕人裡有這樣的人才，我們大家也放心把武當交到他手裡。」

「好！」淨塵子面向武當派所有人大聲道：「誰能拿下王小軍誰就當掌門，不過有個先決條件，上臺之人須得是我們的後輩，徒子徒孫皆可，師兄師弟就免了吧。」

這時王小軍忽然喝道：「喂，我有什麼好處？」

劉平皺眉道：「你什麼意思？」

王小軍道：「你們拿我當試金石，想讓我配合，總得給我點好處吧，不然我放水怎麼辦？」

淨塵子怒道：「豈有此理，武當有今日之事全是因為你，你還敢跟我們提要求！」

王小軍笑嘻嘻地招手道：「明月、靜靜，你們倆誰想當掌門就趕緊上來，我送你們一份大禮。」明月和靜靜咯咯笑了起來。

劉平無奈道：「你想要什麼？」

王小軍道：「第一，你們今後誰也不許為難覓覓。」

劉平道：「她不當掌門，仍是我們的師妹，這個可以答應你。」

王小軍道：「第二，你們有啥不滿就找我，不許牽連到我的朋友和鐵掌幫。」

劉平道：「我們武當不是不辨是非，這也沒問題。」

王小軍點頭道：「嗯，行了，你們叫人上來吧。」

劉平朗聲道：「哪位師侄自告奮勇？誰贏了這一戰，我們就推他做掌門，不過我要囉嗦一句：上臺的人必須是我武當派的。」

那些武當弟子們面面相覷，過了好半天也沒人搭腔，慢慢的，眾人的目

光又都落在周沖和身上，周沖和也抬頭看著王小軍。

他此刻心亂如麻，劉平使勁給他遞眼色，那意思很明白，就是要他抓住這個機會一錘定音拿下掌門之位。淨禪子被彈劾之後，周沖和作為繼承人的身分也自動被取消，武當才有了今日之亂，所以在劉平看來，這已是周沖和上位的最後契機；關係到門派的興衰榮辱、自己這一支系的生死存亡，周沖和也只有慢慢走向鳳儀亭。

王小軍小聲對陳覓覓道：「咱大侄子又要上來了，我把掌門之位讓給他，你沒意見吧？」

陳覓覓笑道：「你不是才剛答應我師兄不放水嗎？再說你未必打得過周沖和，說什麼放水？」

王小軍嘆氣道：「我是看他可憐想補償他一下，再說，他要當了掌門，就再也不能來糾纏你了。」

陳覓覓道：「呸，想不到你這麼狡猾。」她嘴上說笑著，其實也就是同意了，讓周沖和來當掌門，確實仍是不二之選。

就在周沖和離臺還有十來米的時候，忽然有人高聲道：「我來挑戰王小軍！」

這人快步走出，一躍上臺，他四十來歲的年紀，丰神俊朗，居然是位帥大叔。

王小軍看著這人還有點犯迷糊的時候，陳覓覓已經失聲叫道：「是你？」

大叔低頭看了陳覓覓一眼道：「你認識我？」

陳覓覓在臺下使勁拽王小軍的褲腿：「是你，是你呀！」

王小軍頓時恍然道：「對，是我！」這兩人的對話要讓別人聽見非得糊塗了不可，不過他們自己卻一清二楚——這位帥大叔，正是當初王小軍去見千面人奪回真武劍時化裝出來的樣子，所以陳覓覓說「是你」。

帥大叔看著兩人大驚小怪的樣子，忽然笑道：「我明白了，那天果然是你們冒充我的。」

王小軍道：「等等！我們是不是昨天才見過面？」

帥大叔一說話，他就聽出來，對方正是昨天開車的司機，這時司機以真面目示人，那不用說，他必然是武當事件的幕後主使。

帥大叔淡然笑道：「說這些都沒用，你沒有證據。而我，是代表武當弟子來挑戰你，然後當掌門的。」

·第四章·

霸氣師兄

淨禪子道：「都這時候了我還有什麼可顧忌的，今天老道寧願背上恃強凌弱、蠻不講理的罵名，也要把你們這些奸佞小人打下武當山！」

王小軍讚道：「霸氣，像我！」

陳覓覓熱淚盈眶道：「這才是我那個掌門師兄！」

王小軍三言兩語把這位帥大叔的種種事蹟一說，陳覓覓聽得咋舌不已，好奇道：「這人一直針對武當派，想不到最終目的是當武當掌門，可是他為什麼跟綿月攪到一起去了？」

王小軍道：「對付武當這樣的大派，總得找些幫手嘛，像在武協上揭發你師兄這種事，他就不能親自做。」

陳覓覓點頭道：「也不知他跟我師兄有什麼仇，現在的規矩是只有武當派弟子才有資格挑戰你，我看他怎麼辦。」

王小軍道：「其他的我不知道，我只知道他的太極拳打得原汁原味，如假包換。」

陳覓覓詫異道：「怎麼可能，別說是我，就連我掌門師兄看了他的照片都說沒有見過他，難道還有連掌門都沒見過的門人？」

王小軍苦笑道：「這就不清楚了，我還知道——憑我的武功根本打不過他！」

陳覓覓道：「武功再高也得是武當的正式弟子才行，老頭子們雖然喜歡窩裡鬥，不過豈能讓一個外人爬到他們頭上，他可是打錯算盤了！」

帥大叔這時道：「王小軍，你怎麼還不開始？」

劉平急忙擺手道：「先不忙動手，這位……這位仁兄。」

帥大叔衝劉平躬身道：「弟子見過劉師叔。」

劉平向靈風遞去個疑問的眼神，靈風也緩緩搖頭，表示並不認識。

劉平這才道：「這位仁兄，我們有言在先，只有武當弟子才能上臺，我以前怎麼從沒見過你？」

帥大叔道：「弟子姓路名恆源，恩師乃是言文清道長。」

劉平吃驚道：「言文清師兄？」

王小軍忙問陳覓覓：「言文清是誰？」

陳覓覓也是一愣之後才道：「言文清也是我師父的親傳弟子，我們這一支的大師兄。」

王小軍道：「你們的大師兄不是淨禪子嗎？」

「淨禪子是我們的掌門師兄，按入門先後，言文清才是大師兄。」

「哦，那他人呢？」

陳覓覓道：「言師兄多年前就已去世了，那時我還小，所以印象很淡了。」

王小軍眉頭緊皺道：「這個路恆源要真是你大師兄的弟子的話，那就也屬於你們這一系，他……他為什麼要把淨禪子搞下臺？」

陳覓覓也茫然道：「他多半是胡說八道的，言師兄的弟子，我們怎麼可能這麼多年都沒見過？」

果然，劉平聽說路恆源是言文清的弟子，表情先是一緩，接著也問：「既然如此，我怎麼從沒見過你？也沒聽言師兄說過？」

路恆源道：「我師父一直在山下教授我課業，所以各位叔伯沒有見過我，不過我確實是武當派的正式弟子無疑。」

靈風懷疑地看看路恆源道：「你怎麼證明？」

路恆源一笑道：「這可把弟子難住了，雖說我和師父也有一些合影，不過想來這很難作為證據。」

這時靈風身後那名年紀最老的老道士冷冷道：「這當然不能作為證據，事關武當掌門人選，除非言文清親自證明，不然為了保險起見，我們絕不承認你的身分。」

王小軍對陳覓覓道：「這一看就不是你親師兄。」

陳覓覓嘆氣道：「是的，這位悟道師兄不是我師父帶出來的，他現在資格最老，又是武當七子之一，論資排輩的話，這掌門就該是他的。」

王小軍道：「所以他一看新冒出來的又是你們這一系的，趕緊橫加阻

撓。」他鬱悶道：「我怎麼越來越搞不清狀況了，這姓路的到底想幹啥？」

路恆源怒道：「悟道師伯這話未免對先師太不尊重了吧？」

悟道淡淡道：「有這想法的，恐怕不只我一人吧，難道憑你一句話我們就相信你？萬一你贏了王小軍，我們還要奉你作掌門？」

劉平聽說路恆源是本門後輩，對他已生親近感，溫言道：「路師侄，除了合影這些東西，你還有什麼證據沒有？」

路恆源道：「這世上什麼事都可能有假，不過武功假不了，待我贏了王小軍，各位長輩還有什麼疑惑，可以親自上臺驗證。」

悟道冷笑道：「好大的口氣，你這是要挑戰我們這些老傢伙啊。」他身邊的老道應聲道：「武當派什麼時候淪落到是個人就能撒野的地步了？」

劉平忽道：「精微伏脈。」

路恆源脫口道：「熱切八荒。」

武當派凡是上了年紀的，或是正統門人頓時一片譁然。

不等王小軍發問，陳覓覓道：「精微伏脈、熱切八荒是武當派武功練到高深地步後繼續修行的兩句精義，能知道這兩句口訣的人，必然是根基深厚的入室弟子。」

武當諸人群相聳動，悟道一愣之後又道：「兩句口訣更說明不了什麼，我決不認他做掌門。」

王小軍坐在地上道：「大爺，我還沒輸呢。」

悟道激憤道：「不管王小軍輸贏，此人首先就沒有上臺比武的資格！」

其他道士紛紛應和道：「沒錯，他沒資格！」

王小軍嘿然道：「這下有意思了，別的派系的人都以為這是你們這一系的人，你們的人又不知道他的底細，武當派看來又有得亂了。」

陳覓覓道：「不如我們現在就揭穿他的真面目，曝光他的陰謀！」

王小軍攤手道：「你以為我沒想過嗎？證據呢？」

武當派頓時分成了好幾派，有的同意讓路恆源先和王小軍比武，有的不承認他武當弟子的身分，還有一些別的支派的人既無望拿下掌門之位，又不想把它拱手讓人，乾脆胡攪蠻纏起來。

就在紛紛擾擾不可開交的時刻，就聽有人朗聲道：「我能證明路恆源是武當派的！」

王小軍和眾人一起順聲望去，不禁又驚又喜道：「老胡？」來人正是胡泰來，身邊則跟著唐思思。

場上認識胡泰來的人不在少數，他這一露面，沒過多久所有人都知道這是黑虎門新上任不久的掌門。

王小軍一個箭步跳下臺來道：「老胡，這些天你死哪兒去了？」

胡泰來樂呵呵道：「你去臥底我們也幫不上什麼忙，與其閒著不如幫你把覓覓追回來。」

王小軍納悶道：「那你們幾天前就該到武當山了啊。」

唐思思道：「你動動腦筋啊，想讓覓覓不當這個掌門，就要證明淨禪子是清白的，這才是釜底抽薪的辦法啊。」

王小軍道：「所以呢，你們是怎麼做的？」

唐思思道：「所以我們就去了一趟淨禪子的老家，希望能找到他的兒子。」

王小軍興奮道：「沒錯，這個主意絕！這是誰想到的？」

唐思思指了指胡泰來，王小軍道：「沒想到老胡還有這樣的腦子。」

唐思思道：「老胡是憨，他又不笨！」

「咦？」王小軍和陳覓覓一起打量著唐思思，唐思思臉一紅。

這時劉平道：「胡掌門，你說你能證明路恆源是武當派的，此話當真嗎？」

王小軍小聲道：「這是怎麼回事？你可別助紂為虐啊，這個路恆源不是

什麼好鳥。」

胡泰來微微一笑道：「你看著就好了。」他大聲對劉平道：「沒錯，而且我有證據。」

這時全山的目光都集中在胡泰來身上，劉平道：「胡掌門，你說你有證據，當真嗎？」

胡泰來道：「當著各位前輩的面，我當然不敢信口開河。」

靈風道：「那就趕快拿出來。」

胡泰來道：「要想搞清楚這位路兄的身分，就要從淨禪子道長所謂的『私生子』說起。」他面對武當諸人道：「各位前輩、師兄，淨禪子道長有個兒子的事，你們是什麼時候知道的？」

靈風瞪了淨塵子一眼道：「就是在武協大會的時候。」

胡泰來道：「那之前你們知道嗎？」

靈風搖頭：「毫不知情。」

胡泰來道：「知道為什麼嗎？因為這件事淨禪子道長只跟龍游前輩說過，不過當時還有一個人在場。」

靈風道：「誰？」

胡泰來道：「言文清道長。」

靈風道：「你什麼意思？」

胡泰來道：「如果一個秘密，這世上只有兩個人知道，那麼它洩露出去之後，只能說明洩密的人不是甲就是乙，龍游前輩多年前就知道了此事，不久之後又確立了淨禪子道長的掌門繼承人身分，所以他自然不可能把這個武當絕密告訴任何人。」

劉平道：「你是說這秘密是言文清師兄透露出去的？這……未免有點想當然，而且也對死者不尊重。」

胡泰來道：「前輩錯了，這正是對言文清前輩的讚譽，你想，這事這麼多年都沒人提及，豈不是說言文清道長也守口如瓶？」

靈風不耐煩道：「你到底想說什麼？」

胡泰來道：「言文清道長能堅守底線，不見得他的門人也能。」

靈風喝道：「大師兄他這輩子都沒收過入室弟子。」

胡泰來道：「這正是我要說的，言道長雖沒有公開收徒，但他在民間卻有一個關門弟子，淨禪子道長的所謂醜聞，也正是這個弟子搞出來的，因為言道長仙去之後，知道這件事的人只有這個弟子。」

劉平道：「由此推斷出路恆源就是大師兄的弟子，這麼說還是太武斷，站不住腳啊。」

胡泰來忽然面對路恆源道：「路兄，你說句話吧，淨禪子道長的事，是不是你捅出去的？」

路恆源哼了一聲道：「要想人不知，除非己莫為。」

胡泰來道：「這麼說，你承認這個秘密是言道長告訴你的了？」

路恆源沉默不語，竟似承認了。

淨塵子忽然跳出來道：「是又怎樣，這是我們武當的內務，淨禪子做了虧心事，言文清就算公之於眾也合情合理，告訴自己的弟子又算什麼？」

陳覓覓柳眉倒豎道：「我師兄沒有做虧心事，你沒聽見嗎？這事他早已和我師父坦白過。」

淨塵子冷笑道：「龍游師叔已經仙逝，這話我們可沒處應證去。」

胡泰來道又問路恆源：「我再請問路兄，這既然是武當的家務事，你為什麼和綿月還有余巴川搞到了一起，在武協大會上指使余巴川責難淨禪子道長？」

淨塵子道：「天下人管天下事，這裡人人都知道你的朋友王小軍和余巴川

有仇，你們處處針對他，不代表他就不能出面說話；何況，淨禪子把持武當多年，要不是在武林群豪面前戳穿他，誰知道這件事會不會被他捂起來？」

王小軍大聲道：「姓路的和綿月還有余巴川等人攪在一起，不是為了什麼公道，而是在籌劃一個陰謀，就在昨天，他剛參與了一起銀行劫案，這位老兄也許是你們的大師兄的弟子不假，但他是一個包藏禍心、陰險狡詐的小人！」

胡泰來道：「沒錯，這正是我要說的！」

路恆源不慌不忙道：「多謝胡掌門為我正名，你前面說的，雖然和事實還有出入，不過我都認，但是你們後面的指控我只能說太可笑了，現在是法制社會，你們隨便扣個盆子到別人頭上我可不能苟同。」

王小軍道：「你裝什麼蒜？敢做不敢認嗎？」

路恆源只是搖頭微笑，就像不屑於和小孩子鬥嘴一樣。

王小軍只好低聲問胡泰來：「老胡，現在怎麼辦？」

胡泰來也迷茫道：「我也不知道，這些都是……」

唐思思忽然咯咯一笑，指著王小軍道：「你稚嫩！」

王小軍一愣，猛然道：「劉老六也來了？」

他話音未落，就聽山腰上有人氣喘吁吁道：「這兩個小兔崽子，也不說等等六爺。」接著劉老六手腳並用地爬了上來，一屁股坐在地上咳嗽起來，苦孩兒跟在他身後，見了這麼多老道，神情很是不耐煩，又多少有些畏懼。

王小軍和陳覓覓一左一右衝上去攙起劉老六，王小軍討好道：「六爺，您不是去調查淨禪子道長的事了嗎？有什麼進展？」

劉老六氣咻咻道：「有個屁進展，這老道也不知把兒子藏哪去了，我領著這倆小的，溜溜地找了這麼多天連根毛也沒找到。」

劉平勉強擠出個笑容道：「原來是武林的百科全書六爺到了。」

這時淨塵子瞇著眼睛道：「等等！我說剛才就覺得哪裡不對勁呢，現在終於想起來了——姓胡的小子信誓旦旦地說淨禪子的事全武當只有兩個人知道，那這件事本身他是怎麼知道的？」

劉老六看了他一眼，笑呵呵道：「看不出你這個老小子腦袋還挺靈光的嘛。」接著他眼睛一瞪道：「少跟我掰扯這個，這是二十年以前龍游道人有次跟我喝酒喝多了說的。」

淨塵子道：「我師叔他老人家何等身分，為什麼要跟你喝酒？還喝得爛醉？」

陳覓覓道：「這就是你不瞭解他了，我師父瀟灑不羈，別說和六爺，就算和殺豬的搓澡的，只要投緣也能成為至交好友。」

劉老六懶洋洋對淨塵子道：「你太小看你師叔了，他那天是喝了不少，但自始至終沒有提及具體的事情，只說他有一件極其為難之事下不了決心，我記得他的原話是『我有兩個最滿意的徒弟都可以當掌門，巧的是這倆情況也一樣，可是一個對我說了，一個沒對我說，你讓我怎麼辦？』後來通過隻言片語我總算搞清楚了，這兩個徒弟，一個是指淨禪子，另一個正是言文清。我也一直好奇龍游道人說的『情況一樣』到底指什麼，直到前些日子淨禪子事發，我才隱約猜出來！」

眾人聽了這話稍一琢磨，接著都把猶疑的目光投到了路恆源身上。

這時，路恆源忽然緩緩掏出身分證向臺下一亮道：「各位看好了，我剛滿四十，言文清活到今天剛好是六十六歲，他是廿八歲才入的武當，當時我已兩歲——沒錯，我是言文清的兒子！」

這句話一說出來，整個武當山上頓時陷入譁然之中！

唐思思脫口道：「合著武當派的高手，一人一個私生子啊！」

胡泰來卻認真道：「這說明龍游前輩在選拔弟子的時候，兼收並蓄不拘

一格，這也是後來武當強大最主要的原因。」

王小軍疑惑道：「路恆源和綿月合起來幹了多少壞事咱且不提，但他嚴格說來也是淨禪子這一脈的，他為什麼要針對自己人呢？」

果然，靈風質問道：「你既然是大師兄的兒子，淨禪子就是你的師叔，他的秘密你知道也就罷了，為什麼這麼多年過去了你要揭他瘡疤？何況他也是先生子後入的武當，並無過錯！」

路恆源冷笑道：「你怎麼知道他是先生子後入武當，他當時跟龍游師祖坦白的是：他入武當後耐不住寂寞，和一個民間女子苟合，想請師祖原諒他……」

「你放屁！」兩條人影先後衝上臺，頭前是周沖和，後一個卻是陳覓覓！

周沖和一個箭步跨上鳳儀亭，身在半空，雙掌一錯就向路恆源打去，路恆源不等他腳踏實地，用掌緣在他腰間一托，輕輕巧巧地把他按到了臺下，然後如法炮製旋至陳覓覓腳下，胳膊一展把她也搡了下去。

武當兩大年輕高手竟然一招之下就被他打了下去，而路恆源用的，正是最純正的太極功夫！

靈風目眥欲裂，朝淨禪子關禁閉的小屋喊道：「師兄，事已至此你還不出面嗎？」

路恆源冷冷道：「不出面就說明心裡有鬼——王小軍，你快上來咱們比試，贏了我還得進行加冠儀式，再晚天就要黑了。」

王小軍拽住還想再上臺的陳覓覓微微搖搖頭道：「別去了，這人武功很高，除非是你師兄或者武當七子親自出馬，不然都是白搭。」

胡泰來道：「而且按輩分，你是他師叔，是不能上臺的。」

陳覓覓道：「難道我就看著他這麼血口噴人？」

王小軍道：「誰讓咱們被人將軍將到了這一步呢。我就不上臺，看他怎麼辦？」

這時淨塵子叫道：「王小軍，你是想出爾反爾嗎？你覺得這麼拖著我們就沒轍了嗎？」

王小軍恍然道：「我明白了，路恆源早就跟淨塵子裡外串通好了，他明面上是龍游這一脈的，其實屁股早就坐到別人板凳上去了。」

他正想著該怎麼回敬淨塵子，就見一條人影從山腳直掠上來，眾人眼前一花，她已到了山頂，不少人暗道：「好快的身法！」

來人是一個容貌秀麗的姑娘，大約三十歲上下，兩眼直直地望著臺上的路恆源，悽楚道：「恆源，你騙我！你從沒跟我說過你想當武當掌門！」她的聲音聽上去有些沙啞。

王小軍一激靈道：「千面人！」

路恆源見千面人忽然出現，不禁閃過一絲歉意和惶惑，不安道：「你來這裡幹什麼？」

千面人仰面看著路恆源，既像是懇求又像是聲討道：「恆源，你說你要對付淨禪子只是想為你父親報仇，所以我才幫你盜走了真武劍，可你從沒說過你要當掌門，你答應過和我在一起的。」武當諸人一聽又是一陣譁然，頓時把千面人圍了起來。

路恆源一滯道：「當初我請你幫忙，你就該看出我的抱負，淨禪子都那麼老了，我把他搞下臺有什麼用，當然要完成我父親臨終前的心願。」

千面人怔了一下，帶著哭音道：「那你就是騙我！」

路恆源神情變幻，咬牙道：「幫我你是自願的，我並沒有給過你任何承諾，如今武當奸人當道，我必須承擔起責任來！」

王小軍瞪大眼睛道：「哇，這老兄太極拳打得好，想不到做事情這麼

差勁。」

胡泰來道：「大概是心裡有愧吧。」

陳覓覓嘆道：「我沒猜錯的話，這應該是千面人的真面目，被心愛的男人背叛，任何女人都要不顧一切了。」

千面人呆呆地看著路恆源，忽然淚流滿面道：「我明白了，我一直以來都是你的一顆棋子罷了！」她猛地把眼淚胡亂抹乾，發狠道：「你就不怕我把你的陰謀當眾都說出來？」

路恆源久久凝望著千面人，柔聲道：「你想說什麼就說吧，成事在天謀事在人，我所能做的都已做了，也就問心無愧了。」

千面人掩面道：「你明知我不會這麼做！你……你……」她哽咽了兩聲，毅然道：「各位道長，盜走武當真武劍全是我一人所為，路恆源並不知情，我願意聽憑道長們發落。」

陳覓覓黯然道：「路恆源好狠也很聰明，他這是吃定了千面人。」

王小軍頓足捶胸道：「眼看就要真相大白了，最後功虧一簣，我收回剛才說的話，姓路的不但會打太極，而且還會用美男計！」

路恆源俯視臺下，忽然朗聲道：「各位武當的長輩、師兄師弟，我和言

文清道長既是父子也是師徒，確然是武當弟子無疑，如今武當處在多事之秋，為了門派的長治久安，我願意毛遂自薦成為武當掌門；如果讓我執掌武當，我一定摒棄門派、派系之爭，一視同仁，為光大武當盡心盡力！」

淨塵子附和道：「說得好！尤其是那句摒棄派系之爭，咱們這麼多年來深受其苦，難得有人這麼說。」

路恆源看著王小軍道：「王小軍，你還看不出來嗎？你就算不上臺我也會成為掌門，你上來還有得一搏，不來，我當掌門也是大勢所趨。」

陳覓覓道：「小軍不要上當，你打不過他，上去就坐實了他的話！」

王小軍猶豫再三，跳到場中大聲道：「各位道爺，不管你們是真糊塗還是假裝看不見，但這姓路的明明就是一個玩弄心機的卑鄙小人，你們可不能為了跟我作對，或者想渾水摸魚而引狼入室啊！」

靈風也道：「我同意，這小子到底是來路不明，而且還有種種疑點，總之我不認這個掌門。」

淨塵子嚷嚷道：「好啊，一看是你們的人你們就支持，現在風向不對了，你們又跳出來反對，不如把『掌門必須是你們的人當』這一條寫進門規裡，這樣的話，我看大家索性一拍兩散算了，還要什麼武當派？」

他話音未落，淨禪子的小屋門一開，淨禪子大步走了出來，他慢慢道：「是誰要讓武當派一拍兩散啊？」他的聲音並不高，但山上卻陷入一片寂靜，淨塵子竟也不敢搭腔。

淨禪子信步走到鳳儀亭下，幾日不見，老頭明顯瘦了一圈，他抬頭看著路恆源道：「你說我當年跟我師父坦白，我在入武當派後有了個私生子，這話到底是你父親對你說的，還是你自己杜撰的？」

路恆源一頓道：「我只說實話。」

淨禪子點點頭道：「看來是你編的，這我就寬心了，言文清師兄斷然不會這樣中傷別人。你編排我什麼都無所謂，可你信口雌黃，辱及的是你的父親和我的恩師！」

淨禪子轉眼又瞪著淨塵子，聲色俱厲道：「還有你妄圖分裂武當，真當我死了嗎？」

淨塵子結巴道：「別忘了你已經被我們彈劾了！」

淨禪子打個哈哈道：「都這時候了我還有什麼可顧忌的，今天老道寧願背上恃強凌弱、蠻不講理的罵名，也要把你們這些奸佞小人打下武當山！」

王小軍讚道：「霸氣，像我！」

陳覓覓熱淚盈眶道：「這才是我那個掌門師兄！」

淨禪子這一出來，全山上下拭目以待，不管在人們心裡他是不是恃強凌弱、蠻不講理，總之好戲就要上演了。

路恆源如此圓滑世故的人，這時也被淨禪子震得愕然無語。

淨塵子眼見這位前掌門一出現就風向逆轉，忽然叫囂道：「我們不服！自從你師父當掌門以來，武當就是你們這一派的一言堂，如今你失德在先，還想仗著武功高強鎮壓同門嗎？」

淨禪子冷眼喝道：「但凡說我搞一言堂、對同門差別對待的，那就拿例子來說話，只要有一件事可以證明我確實不公，我願意當眾道歉，然後永不再過問江湖之事！」

路恆源道：「大家彈劾你並不是因為你不公正，而是你行為不端。我就納悶了，不要說你自己的兒子你自己都聯繫不上吧？他明明在一個小鎮上當中學老師，你為何不把他找來證實一下？」

淨禪子臉色大變道：「你……你什麼意思？」

陳覓覓也驚道：「不好！路恆源這麼說是在威脅我師兄！」

唐思思道：「他的言外之意就是淨禪子道長跟他作對的話，他就會對道長的兒子下毒手！」

胡泰來懊惱道：「可恨我們沒能找到人把他保護起來。」

劉老六嘆氣道：「路恆源想必自從懂事起就在籌劃這件事，他有幾十年的時間去明察暗訪，我們卻只有幾天，當然被他趕在了前頭。我之所以急著上山，是推斷出這件事有可能是言文清的弟子在搞鬼，本想借當年和龍游道人的談話給淨禪子做個證，不想路恆源一口咬定他父親聽到的是另一番話。」劉老六說到這感慨道：「這小子該狠的時候狠，該奸的時候奸，確實是個人物，可我至今也想不明白他為什麼對當掌門有這麼深的執念。」

路恆源似笑非笑地盯著淨禪子道：「淨禪子前輩，看來你對我的提議不大贊同啊？」

淨禪子咬牙切齒道：「你敢動我兒子一根汗毛，我讓你不得好死！」

路恆源惺惺作態道：「大家都聽到了吧，鼎鼎大名的武當前掌門可是在威脅我了。」

淨禪子手腳冰涼，靈風小聲道：「師兄，讓我上去拿住他，一定不讓咱侄子有事！」

淨禪子緩緩搖頭道：「晚了，我兒子勢必已經在他手裡了。」

這個當世豪傑以前萬事不縈於懷，此刻終於陷入武當和兒子的兩難之中。

就在這時，唐缺不緊不慢地走上山來，他手裡捏著幾張紙，凝神聽了一會兒人們的竊竊私語，得知那個穿著樸素的老道就是淨禪子，忽然揚著聲音道：「趙志剛是你兒子嗎？」

淨禪子大吃一驚道：「不錯──誰在說話？」

唐缺出列道：「我。」

唐思思也意外道：「大哥？」

王小軍道：「他怎麼在這？」

唐缺本來被綿月安排在「紅組」，但是行動那天沒有出現，王小軍也沒太在意，唐缺這個級別的人物對他來說已經到了可以忽略的地步……

淨禪子看唐缺眼生，又聽他說起兒子，不禁顫聲道：「你是什麼人？」

唐思思搶先道：「道長，他是我大哥唐缺，唐門的長子長孫。」

淨禪子愕然道：「唐門怎麼也牽扯進來了？」

唐缺既不回答也不廢話，把手裡的紙一揚道：「這是趙志剛的出生證明和他的ＤＮＡ檢驗報告，這兩張紙證明：趙志剛是趙和義的親生兒子；第

二，趙志剛是趙和義在三十歲時生的。」

陳覓覓思索道：「趙和義好像是我師兄的俗家名字，我師父說過，他是三十五歲才入的武當派——」她雀躍道：「有了這兩張紙，豈不是證明了我師兄的清白！」

王小軍沉聲道：「唐缺按身分來說是民協的人，他這麼做有什麼目的呢？」

這時淨禪子也愈發緊張，死死地盯著唐缺道：「趙志剛現在何處？」

唐缺淡淡道：「以前在何處，現在還在何處，我沒打擾他，他在學校幹得還不錯，快升副校長了。」

淨禪子又驚又喜道：「真的？」

千面人失聲道：「唐缺，你不是替我們幹活的嗎？」

唐缺掃了她一眼，冷冷道：「我進民協是為了出名，綿月說好了讓我參加『大行動』的，可事到臨頭他又變卦了，讓我去鳥不拉屎的地方找什麼趙志剛，我怎麼說也是唐門大少爺，這種雜活你以為我稀罕嗎？」他頓了頓又道：「而且我先後收到了來自兩個人的命令，一個要我讓趙志剛『暫時消失一段時間』，另一個則想讓他『永遠消失』。我知道我沒什麼本事，到哪都

惹人嫌，可還沒低賤到給人當槍使的地步！」

唐思思忍不住道：「大哥萬歲！」

王小軍感慨道：「唐老大終於幹了件人事。」

陳覓覓一個箭步衝到唐缺面前搶過那兩張紙，看了一眼振臂高呼道：「我師兄是清白的！」

唐缺走到胡泰來面前道：「我知道你和王小軍陳覓覓是一夥的，我這麼做也是為了還你在唐家堡救命的情，以後咱們就兩不相欠了。」

胡泰來認真道：「多謝！」

路恆源自從唐缺拿出那兩張紙以後，表情就變得很奇怪，既像是苦笑，又像是自嘲。

靈風喝道：「姓路的，你還有什麼話可說？」

路恆源譏誚道：「你們的掌門證明了自己的清白，我有什麼可說的？」

靈風怒道：「少假惺惺的，你中傷我師兄這事怎麼算？殺人滅口的命令是不是你下的？」

淨禪子擺擺手，衝路恆源大聲道：「真人面前不說假話，你說你要找我

報仇，我只想弄明白，我們之間到底有什麼仇？」

眾人也均好奇，路恆源是言文清的兒子，最後又接了父親的衣缽，言文清和淨禪子又都是龍游道人的徒弟，那他可說是淨禪子的親師侄，這兩人無論如何也談不上「仇」字。

路恆源盯著淨禪子，神色閃爍道：「我問你，當初我父親和你，誰的功夫更高？」

淨禪子道：「言師兄年紀比我小，但入門比我早，況且他在入門之前就已是聞名遐邇的高手，武功自然比我高。」

路恆源道：「那你們誰的威望高？」

淨禪子毫不猶豫道：「言師兄自入派後誠心向道、謹慎自持，待人接物也是秉公廉明，我處處不修邊幅不拘小節，論威望也是言師兄高。」

「我父親年紀比你小、武功威望都比你高。」說到這，路恆源一字一句道：「那為什麼最後是你當掌門？」

第五章

制勝之法

「老頭子，你不幫忙也不能害我呀！」

淨禪子笑道：「授人以魚不如授人以漁，我在教你真正的制勝之法，你要用心去看。」

王小軍陰著臉道：「世上最討厭的話就是用心去看了，我肋骨上又沒長眼，怎麼用心去看？」

淨禪子道：「這……也是我多年來的疑惑。」

路恆源憤然道：「我看你才是惺惺作態，為了邀寵，你自爆家醜，把你有個私生子的事早早告訴了龍游道人，我父親卻因為患得患失，始終沒找到機會坦白，他沒想到龍游道人早就知道了此事，你是因為這樣投機取巧才當了掌門！」

淨禪子嘆道：「就算你說的對吧，但這是先師的主張，不管你信不信，在先師沒有公布掌門繼承人之前，我一直是把言師兄當成未來掌門看待的。」

路恆源道：「你說得好聽！自從龍游道人宣布你當繼承人之後，我父親鬱鬱寡歡，最終抱恨而終，你問我和你有什麼仇，你是我間接的殺父仇人這還不夠嗎？」路恆源漸漸失控道：「龍游道人不辨是非，也不是什麼好東西！」

淨禪子驚詫道：「竟有此事？」不禁苦笑道：「言師兄，你活得好辛苦啊……我竟半點也沒察覺到。」

王小軍道：「言文清和淨禪子的情況像極了韓敏和江輕霞，但是峨眉姐妹勝在有什麼話就當面說出來，反而好過憋在肚子裡，言文清要是言明他想

當掌門，淨禪子多半讓也會讓給他的。」

唐思思道：「言文清心眼也太小了吧，不給他當掌門居然活活氣死了。」

陳覓覓分析道：「修道之人最講究內心空明，掌門師兄有什麼話都對師父坦白，說明他已經徹底放下了，言師兄藏著掖著，那就是還有後顧之憂，雖然他在顧慮什麼我不知道，但我要是我師父，也一定會把掌門之位傳給心裡沒有負擔的那一個。」

劉老六忽然道：「看路恆源那一身武功，顯然是言文清從小就調教出來的，他自以為掌門之位十拿九穩，所以不收別的徒弟，專門教導兒子，會不會是想父子兩代把持武當派啊？龍游道人正是看出了他的心思，所以才讓淨禪子接了位；言文清臨死前把淨禪子的秘密告訴兒子，用意也很明白，就是讓路恆源尋找機會顛覆武當派！」

陳覓覓一驚道：「我怎麼沒想到？」

劉老六道：「你才幾歲，怎麼趕得上那些老妖精？」

胡泰來道：「死者已矣，還是不要把人想得太壞吧。」

劉老六苦笑道：「你這小子，是該說你蠢呢還是忠厚？」

王小軍道：「老胡要不是這麼忠厚，唐缺就不會這麼投桃報李了。」

這時靈風指著路恆源道：「你爹沒當上掌門，你就把帳算在淨禪子師兄身上，對他百般構陷、甚至叫人去殺他兒子嗎？」

路恆源揮舞著手臂道：「當年龍游道人不公，你們沒人站出來說話，你們都是幫凶！」他陷入失控的邊緣，嘶聲道：「我今天就是以言文清後人的身分來討個公道，我爸沒幹成的事，我一定要幹成！」

靈風沉聲道：「師兄，是你親自出手，還是我上去拿下這個敗類？」

千面人高叫道：「恆源，你還是快跑吧！」

路恆源冷笑道：「我不跑，我倒要看看武當派裡誰更急著溜鬚拍馬，要對我這個師侄下手？」

他話音未落，淨塵子已經跳出來道：「路恆源，想不到你是這種惡毒的小人！我第一個就不與你干休！」

他張牙舞爪地向臺邊撲去，本來滿心希望有人能攔住他，不料所有人都冷眼旁觀，淨禪子笑咪咪地看著他，見他到了臺下不動了，揮揮手道：「你上呀。」

淨塵子嘿然道：「憑我這兩下，還是不獻醜了。」

「走開！」淨禪子喝了一句，淨塵子忙躲得遠遠的。

淨禪子眼望路恆源道：「想來無論是我還是武當七子上臺打敗你，你都不會服氣，那我就讓一個後輩跟你打。」

路恆源目光閃爍道：「此話當真？」

周沖和躬身道：「師父，再給我一次機會！」

淨禪子擺擺手，道：「小軍，一事不煩二主，還是你代我辛苦一趟吧。」

已經進入看戲模式的王小軍一聽，詫異道：「我？」

淨禪子走到他跟前，在他背上一推道：「你上就是了，有我照應著你，怎麼會讓你打敗仗？」

王小軍眼睛一亮道：「真的？」

淨禪子轉向陳覓覓道：「師妹，讓你受委屈了。」

陳覓覓哽咽道：「師兄也受苦了。」

淨禪子一笑道：「是師兄矯情了，對付卑鄙小人，就該早拿出雷霆手段，一手軟，差點害得你當了尼姑。」

陳覓覓被他逗得破涕為笑。

王小軍剛要上臺，忽見山下呼啦啦跑上來一大群人，頭前的是峨眉四姐妹中的郭雀兒，緊接著是華濤、瓦督、丁青峰、段青青等人，後面還有張庭

雷、武經年、沙勝、金刀王、熊炆，總之昨天在車庫裡的人都到齊了，幾十號人圍過來招呼道：「主席！」

王小軍道：「你們怎麼才來啊？」

金刀王攤手道：「最早一班飛機就是這時候。」

這時陳覓覓已經拉著段青青把剛才的事簡短地述說了一遍，後到的群豪們聽得人人激憤，金刀王指著臺上道：「主席，你去把他收拾了！」

其他人應和道：「對，和他打！」

王小軍差點一個跟頭栽倒，崩潰道：「合著你們來，真的是為了看熱鬧的啊！」

金刀王嘿嘿一笑道：「我倒是想替你上臺，不過我金刀沒帶來。」

王小軍嘆氣道：「罷了罷了，關鍵時候還得自己來，你們瞧著就好了。」

他緊跑幾步上臺，路恆源冷冷道：「武當高手這麼多，怎麼又把你支上來了？」

王小軍道：「你別忘了，咱倆還有一戰呢。」

路恆源搖搖頭道：「如果你內力不出問題，加上鐵掌的功底，我們或許還可一戰，但你現在是打不過我的。」

王小軍道：「這些先不提，有些問題本該是問綿月的，不過問你也是一樣——我很好奇，你們是什麼時候識破我的身分的？」

路恆源淡然道：「那我就長話短說吧，一開始你偽裝成李浩，不得不說他們都被你騙了，至少沒對你起疑。但你在對付飛車黨的時候，不該出那一掌的。」

王小軍頓了頓道：「是替沙麗擋下的那一掌嗎？」

路恆源點點頭：「你運氣不好，黃小飛雖然沒拍到你的特寫，但黃大飛拍到了，慢鏡頭上很清楚，你那一掌像推開水珠一樣，把那些火藥鋼珠都推開了，世上能打出如此霸道掌力的人並不多，李浩絕對做不到。」

王小軍頓足道：「倒楣！你們那時就開始策劃讓我背黑鍋的事了嗎？」

路恆源道：「不，那時綿月只是起疑，還不能確定你就是王小軍，事實證明你還是很聰明的，後來的試探不但沒能奏效，還讓他更加迷惑了。」

王小軍道：「後來的試探？」

「沙麗單獨挑戰你那次，你拼了命也沒顯露出鐵掌功夫來，這點我倒是很佩服你。」

王小軍道：「說重點，後來我是怎麼暴露的——是因為李浩的師叔高建

平嗎？」

路恆源道：「也不是，高建平的真假我們同樣不能確定，是陳覓覓讓你暴露的。」

王小軍道：「別想誑我，我身上一沒她的照片，交上去的手機也很乾淨，我也沒有說夢話的習慣。」

路恆源道：「綿月假裝把行動時間訂在五天後，又透露給你陳覓覓將在三天後接任掌門，你當時的表現是立刻要退出行動，我們就知道，你果真是王小軍，你要去找陳覓覓，好阻止她成為武當掌門。」

王小軍想了想，憤然道：「老子走過最長的路，就是你們的套路！」

路恆源道：「你問完我了，我也有些事情也想從你那兒搞清楚——你跟段青青是事先約好的，還是後來才接上的頭？」

王小軍道：「後來接的頭。」

路恆源道：「我猜也是，不然你倆的配合也太完美了。你是怎麼讓她認出你的我並不想知道，我只想知道，在我們當晚行動的時候，她是怎麼精確找到我那家銀行的？畢竟當地銀行沒有上百家也有幾十家，可是段青青他們顯然是先有明確目的，然後陸續趕到的。」

王小軍道：「這一點我也沒弄明白，你等會兒，青青，你公佈答案吧。」

段青青道：「這有什麼難猜的，那天晚上你揭發了我的行為之後，廢話太多，又是『清理門戶』又是『通風報信』，最後又說『不該今天放你走』，傻瓜也知道你是需要武協的幫助，而且叫我越快通知他們越好。」

路恆源道：「可是你是怎麼知道我們行動的地點的？這個秘密只有我和綿月知道。」

段青青道：「這個就更簡單了：外國大使要從金庫帶走價值七十億的鑽石，這種資訊就算在銀行工作，也不是一般小職員能掌握的，所以銀行內部一定有高層洩密；他又和綿月攪和在一起，一定是武林人士，所以我的範圍迅速縮小到和武林有關的銀行高層身上，只要同時符合這兩點，那就能鎖定目標銀行了。」

路恆源搖頭道：「這麼多年來，我為了避嫌，從不跟武林人打交道，更沒顯露過武功，這點我不服。」

段青青道：「我搜索了當地銀行業的名人，搜到你時，有一條內容是『路恆源副行長在本地金融界體育盛事大全杯中榮獲武術類比賽第二』。」

路恆源不可置信道：「這叫什麼理由，這種活動年年有，而且你為什麼

不去查第一名？」

段青青道：「第一名半年前就開始被上頭調查了，而且那張圖裡的你很精神呀，那招攬雀尾打得神韻天成，我們武協裡很多太極名家都自愧弗如，你沒拿第一只是為了掩護身分吧？」

王小軍意外道：「原來是路行長，幸會幸會。」

路恆源無語良久，懊惱道：「真是不該偷懶，當時我要報短跑比賽就好了！」

陳覓覓拉住段青青的手，由衷道：「青青，你好聰明呀。」

段青青道：「只要肯動腦筋，誰都能做到的。」

王小軍問路恆源：「你要針對武當，為什麼和綿月沆瀣一氣？」

路恆源道：「因為我需要幫手，而他需要一個讓民協提高知名度的契機！」

「嗯，跟我想得差不多。」王小軍道：「你放著好好的副行長不當，整天尋思著找老道報仇，我問你，你要陰謀達成，難道真的要放棄現有職務來當掌門嗎？」

路恆源冷冷道：「人各有志，就像你得知陳覓覓要當道姑後，不也放棄

了一切來挽回她嗎？」

王小軍道：「說到這個我又有問題了，你明知道把淨禪子搞下去還有陳覓覓，為什麼還要害我？留著我不是對你更有利嗎？我可以無形中幫你讓覓覓放棄掌門之位啊。」

路恆源淡漠一笑道：「陳覓覓不足為慮，她就算當了掌門，我也有辦法讓她下臺；倒是你這個武協主席要是給我一直找麻煩的話很讓人頭疼，你又自己撞進網裡，我們當然要大做文章。」

王小軍道：「行了，該說的都說完了，你差點害得我丟了老婆，咱們之間的恩怨也該做個了結了。」

路恆源森然道：「要沒有你和你的朋友，我的心願早達成了！」說到這，他厲喝道：「我要你的命！」

王小軍只覺眼前一花，路恆源已經狠下殺手！

路恆源右掌掌緣斜切向王小軍脖頸，掌風帶起一片凌厲悠長的勁氣！王小軍仗著剛才領略到的功夫勉強支應著，但明顯是相形見絀，頓時落了下風。

可以說這是王小軍自出道以來遇到的最為凶險的一戰，二十招一過，王

小軍已深感絕望，偏偏淨禪子只是靜立觀戰，眼見路恆源掌到，王小軍剛想索性跳下臺去算了，就聽秦祥林大聲道：「踹他！」他連說帶比劃，身子驟然原地升空，右腳呼的一聲側踹而出，正是他賴以成名的「河北三踢」中的第三踢。

原來他見王小軍面對路恆源這招似乎無法應對，身臨其境忍不住模擬了一個還擊的法子。

王小軍看在眼裡，心說死馬當活馬醫好了，也是躍起踹出一腳，路恆源此時走的是「貼身黏纏」的路數，這一腳大開大闔，正是克制他的辦法，路恆源旋身閃開，對秦祥林怒目道：「還帶現教現學的？」

秦祥林也沒想到自己這招居然真的幫到了王小軍，不禁得意洋洋，脖子一挺道：「那又怎樣？」

路恆源顧不上理他，瞬息又貼向王小軍而去。

王小軍嘗到了甜頭，大聲道：「秦叔，你繼續呀！」

「誒誒，好！」秦祥林受寵若驚，盯準了路恆源的攻勢，按自己的思路還了一招。

這回眾人無不嗤之以鼻，合著秦祥林得要天時地利人和全對上才能閃亮

一下，剩下的時候下的全是臭棋，不用說沙勝華濤這等高手，連梅仁騰都皺起了眉頭，秦祥林也知道自己出了昏招，嘿嘿一笑之後乾脆不敢動了。

這下可害苦了王小軍，他還以為秦祥林是那種傳說中深藏不露的世外高人，於是依葫蘆畫瓢跟著他學了一招，等想收手已經晚了，路恆源的掌面幾乎就要挨上他的心口。

這時沙勝冷不丁將手背對準空氣一揚，接著喝道：「甩！」

王小軍知道這是沙勝在教他脫身之法，王小軍手一揚，恰好打在路恆源的小臂下側，路恆源順勢展開擒拿，王小軍手背翻轉，用掌心把他推開了半步。

路恆源光火道：「王小軍，你要不要臉？」

王小軍正色道：「在命和臉之間，我當然是選命！」他一邊說著，一邊在亭子上遊走，煽動眾人道：「各門各派的高手們，大家都別藏著掖著了，有什麼絕招該使就使呀，我給大家當回模特兒兼替身，咱們群策群力幹他一個！」

王小軍這麼一煽乎，下面可謂踴躍異常，這些武林人士一大早上山，看別人打了一架又一架，早就癢得難受，既然武協主席開了口，臺下頓時開了

鍋，各種比劃、給出主意的都有。

「中宮直進，右拳打他檀中穴！」這是外家拳的套路。

「避實就虛，迂迴攻其下盤！」這是掃堂腿的門人在出點子。

「先退後進，用暗勁收住他再說。」這是內家拳名家。

這樣又打了好一陣，王小軍是妙招昏招一起出，勉強撐了下來，但他知道這樣下去不是辦法，只要一著不慎就會帶來滅頂之災。他現在最需要的是穩定而堅實的技術後援，於是喊道：「道長，你再不出面我可就要掛了！」

淨禪子一笑，對周沖和道：「你是路恆源，我是王小軍，開始。」

周沖和一愣之後馬上明白了師父的意思，對淨禪子一躬身。

淨禪子道：「來！」

周沖和瞥一眼路恆源，拔身而起，揮掌直擊淨禪子左肩，用的正是路恆源正在用的招式。淨禪子輕輕巧巧地用小臂一撥，右掌朝徒弟的小腹按去。

王小軍大喜，有樣學樣地一撥一按，不料卻被路恆源險些帶了一個跟頭，心裡頓時驚呼：「不好！淨禪子用的是武當心法所以才能克制路恆源，可我又不會！」嘴上便喊道：「道長，你那些本事我沒學過啊！」

淨禪子笑咪咪道：「以前沒學過，那就現在學。」他一邊和周沖和比

劃，一邊問：「對太極拳你瞭解多少啊？」

陳覓覓臉一紅道：「我教過他最基本的推手。」

淨禪子道：「那就夠了，現在你聽我說，意勁沉凝，露而不發，欲拒還迎，萬仞飄零……」

王小軍崩潰道：「我不是張無忌啊！你就告訴我該怎麼打這孫子，再故弄玄虛，我就要被打死了啊！」

陳覓覓急道：「師兄，你就說得再直白一點。」

淨禪子傻眼道：「直白一點說，那就是該怎麼打就怎麼打，你倒是認真看呀。」

這時周沖和用肘尖磕向他胸口，淨禪子慢慢抬起手臂，清楚地顯示它是如何翻轉的，道：「太極拳最大的特徵就是四兩撥千斤，對方無論再蠻橫，你只要運行得法，他就傷害不了你。」

王小軍也將胳膊依樣翻轉，竟擋開了路恆源的攻擊，興奮道：「你這樣說就對了嘛！」接著擔憂道：「可是不會把武當派的不傳之秘都給暴露了吧？」

路恆源聞言，忍不住冷笑了幾聲。

王小軍道：「你笑什麼，我說得不對嗎？」

淨禪子緩緩道：「四兩撥千斤並不是什麼不傳之秘，除了武當，好多門派都有這樣的技巧。」

「是嗎？」王小軍這才發現臺下所有人都用像看白癡一樣的目光看著他。

淨禪子在這邊教完王小軍，忽見周沖和眼神渙散，心不在焉，喝道：「沖和，你還破不了自己的心魔嗎？」

周沖和偷偷看了一眼陳覓覓，泫然欲泣道：「師父，弟子可能不是修道的材料，您還是把我逐出武當派吧。」

淨禪子道：「何出此言？」

周沖和道：「那個人在我心裡，我總是忘不了她……弟子愚鈍！」

淨禪子道：「每個人都有七情六欲，能看破的固然是大智之士，順其自然也不為錯，不然人人都當了和尚老道，這世界不是要完蛋了嗎？」

周沖和涕淚橫流道：「弟子……弟子寧願能看破，可是弟子就是做不到！我有愧於恩師，有愧於武當。」

淨禪子搖頭道：「錯了，你心裡最大的魔障不是你覺得有愧於武當，反

而是滿心委屈，覺得武當虧負了你吧？」

周沖和剛想辯解，淨禪子搖搖頭道：「你天資聰穎，自幼跟我學武，很小就被確立了掌門繼承人的身分，這麼重的擔子強加給你，卻從沒有人問過你一句願不願意；別人到了年紀可以談戀愛，至少能跟對方表白，但是你不能，你喜歡覓覓，又知道無法得到她，現在眼睜睜看著她跟了王小軍，你憋在心裡的這股力量無處發洩，所以做了很多任性癲狂的事。」

周沖和愣了愣道：「師父，我該怎麼辦啊？」

淨禪子道：「你要公道，我就給你一個公道，這樣吧，我恢復你的自由身，從今以後你想幹什麼就幹什麼，不需再考慮別的。」

周沖和如同中了魔怔一樣看著陳覓覓道：「我……我……」

王小軍在臺上高聲喊道：「道爺，你這又做武術指導又當心理醫生的——龍游前輩教你武功的時候，難道沒說過一心不能二用之類的話嗎？」

原來周沖和一和淨禪子說話，手上不知不覺慢了下來，這時已經完全跟不上路恆源的節奏，王小軍再次落入被動挨打的尷尬局面。

淨禪子道：「沖和，你好好想一想吧！」

周沖和癡癡地看著陳覓覓道：「覓覓，我現在自由了，我要和王小軍公

平競爭！」

王小軍在百忙之中破口大罵道：「你給我上來，我現在就打得連你媽都不認識你！」

陳覓覓靜靜地看著周沖和道：「沖和，我從沒想過你為武當付出了這麼多，要沒你擋槍，我就是那個註定成為掌門的人，那樣我就認識不了王小軍，衝這一點我謝謝你。」

周沖和臉色慘白道：「這麼說，我終究是輸給他了？」

陳覓覓搖搖頭道：「不是輸了，是你愛錯了人。你儒雅俊朗武功高強，我要是喜歡你，早就喜歡了，也輪不到等王小軍來。世間有那麼多戀人，能最後走到一起的還要靠緣分，你只是暫時還沒找到合適的人。」

淨禪子喝道：「沖和，你還看不出來嗎？你得不到覓覓，不是因為你哪裡不如別人，只是因為你是周沖和，他是王小軍，僅此而已，就算你武功蓋世富可敵國，覓覓不愛你還是不愛你。」

周沖和聽到這句話，心裡忽然喀啦一下開了條縫，他本是聰明絕頂之人，不過在愛情這方面卻像少男一樣蒙昧未開，這時被淨禪子一句話點醒，頓時滿心霍亮起來：覓覓不喜歡我，不是因為我兩次敗給王小軍，我

要是贏了，她反而只有更恨我。王小軍為了覓覓不惜冒天下之大不韙，這種事我就做不來。

一想明白這點，周沖和終於拋卻了滿腔的怨念，對王小軍只有深深的佩服和羨慕，他看了一眼臺上，頓時嚇了一跳，王小軍已經被路恆源逼到了臺邊，眼看就要成為被狂風驟雨澆滅的殘燭，周沖和吐了口氣道：「師叔你讓開些。」

陳覓覓憂慮道：「你想幹什麼？」

周沖和朗聲道：「我加把勁，不讓王小軍被打死。」

周沖和心魔一去，空靈重返，雙掌一錯道：「師父，按理我得管臺上這位叫聲師兄，弟子不及路師兄的地方，還請您多提點。」說著話他已猱身而上，用的正是路恆源正在施展的招式。

淨禪子一喜，穩穩地接住了徒弟的攻勢，這樣一來，兩個人相當於在現場解密起路恆源的功夫。

路恆源起初並不相信周沖和能跟上自己的節奏，但十幾招下來不禁冒出一頭冷汗，因為他發現自己不管怎麼反其道行之，甚至是大悖常理地出手，周沖和竟像他腦子的一部分一樣如影隨形，往往他想到了一，周沖和已經預

料到了二，就像一個魔術師在臺上表演魔術，剛從懷裡掏出塊手帕，臺下就有同行破梗，說出他後面要表演的內容，甚至連這個魔術的秘密也一起喊了出來，路恆源又驚又怒，同時也暗自納悶，剛才竟沒看出周沖和有這樣的本事！

淨禪子見周沖和終於戰勝了心魔，老懷大慰，王小軍有了他們師徒的助力，樂得照貓畫虎，淨禪子氣不打一處來道：「臭小子，我幫你不是為了讓你偷懶的！」

王小軍無奈道：「你想讓我怎麼辦？」

淨禪子道：「找到自己的出路，出奇制勝！」

王小軍道：「你說得容易，你怎麼不自己來？」

淨禪子哈哈一笑，忽然變招了！

這時，周沖和依照路恆源的路數，攻向的是淨禪子的左路，淨禪子偏生把左半個身子都迎了上去，右掌朝空氣裡一揮，簡直可說是驢頭不對馬嘴，王小軍要還是照搬，非得當場被打成重傷不可，好在他剛準備要學就預感到不大對勁，急忙撤身躲過，叫道：「老頭子，你不幫忙也不能害我呀！」

淨禪子笑道：「授人以魚不如授人以漁，我在教你真正的制勝之法，你

要用心去看。」

王小軍陰著臉道：「世上最討厭的話就是用心去看了，我肋骨上又沒長眼，怎麼用心去看？」

他耍著貧嘴，其實全副心思已經到了淨禪子身上，這會兒周沖和還是完全按著路恆源的定式嚴格執行，這兩人源出一派，路恆源的套路可說已被吃死，但是淨禪子卻越打越莫名其妙，甚至是離題萬里，似乎已經完全脫離了正常軌道。

王小軍如今的見識眼光已經不可和過去同日而語，知道淨禪子這是在別出機杼指導自己太極拳，可是老頭打得也太過跳脫，憑他那點太極拳的底子，一時又怎麼領略得了？

這時淨禪子緩緩道：「我們武當除了四兩撥千斤，還有一門功夫叫借力化力……」

王小軍崩潰道：「你快別說話了！我看我今天是非死在武當派人手裡不可！」

四兩撥千斤和借力化力確實是太極功夫裡的兩大特點，王小軍也知道淨禪子這是好心在教他本事，可是現在這個時機顯然選得不太對——現在

是需要微積分的時候，淨禪子偏偏從一加一等於二開始教，不等他學會就要陣亡了！

王小軍心一橫，索性不再去看淨禪子師徒，全副精神地投入到和路恆源的惡鬥之中，奇怪的是，剛才他束手束腳，一副隨時會被打掛的樣子，經過這麼一陣鬧騰，居然似乎有點習慣路恆源的招式和節奏了。

路恆源也暗暗稱奇，加上今天，他有兩次和王小軍交手的經驗，之所以對方能支撐著不倒，都是因為王小軍掙扎在生死線上，拼盡全力的緣故。

他很清楚，無論怎麼硬撐，最終王小軍倒下只是時間問題，他就像一隻掛在大腳趾上的拖鞋，只要他上心，隨時都能把它甩脫，可現在他的感覺是：這隻拖鞋不但沒被甩脫，反而順著大腳趾滑到腳面上，牢牢地套住了腳掌，居然有點甩不掉了！

王小軍絞盡腦汁地應付著，暫時能保證不被路恆源秒殺了，可困局還是困局，一隻拖鞋最大的勝利就是不被甩出去，拖鞋可是贏不了人的！

路恆源把王小軍在臺上逼來逼去，見一時不能一錘定音，也就不急不忙地等待機會，他一掌掃過雖然沒有打到王小軍，但覺手上一濕，原來是王小軍的汗水掉落了下來被他掃中。

路恆源冷笑道：「這樣打下去我永遠不會輸，但你的力氣卻要用光了。」

這句話正好戳中了王小軍的軟肋。他從昨天夜裡出發，一路趕到武當，先和道明等人糾纏了半天，又連戰淨塵子、周沖和、靈風三名高手，再次上臺之前其實已經筋疲力盡，此時虛汗冷汗一起冒，手足也有輕微的抽筋現象，而路恆源不但掌控著場面，而且是新發於硎，一鼓作氣，不用說自己武功和人差得遠，再打一會兒怕是累也累癱了。

陳覓覓看在眼裡急在心上，她靠近淨禪子小聲道：「師兄……」

淨禪子這會靜立在臺下，眼睛瞬也不瞬地盯著上面二人，頭也不回道：「嗯？」

陳覓覓為難道：「我知道你的心意，可是小軍他怕是應付不來了。」

叛徒當前，放著這麼多武當高手不用，淨禪子特意讓王小軍去挑戰路恆源，就是為了讓王小軍能由此和武當冰釋前嫌，以後有人再想挑撥也無從找藉口，陳覓覓明白師兄的苦心，但事有輕重緩急，到底是保住性命要緊。

淨禪子也看出王小軍回天乏力，嘆了口氣，高聲道：「王小軍，你已經盡力了，這就下來吧。」

王小軍從來就不是什麼英雄，或者說，他從來沒想過要當英雄，該拼命

的時候他會毫不猶豫，不需要拼命的時候，他跑得比誰都快。邊上放著那麼多武當高手，他這個醬油打到這裡也就足夠了，他邊打邊撤，已經在謀劃退路了。

路恆源瞧得清楚，冷冷道：「王小軍，這個臺你就不該上來，現在還想跑嗎？你死之後，我看看陳覓覓還認不認她那個好師兄！」

對路恆源現在的心態，王小軍心裡跟明鏡一樣：他這是眼見到了窮途末路，臨死也要拉個墊背的。

一想到這兒，他終於有了一絲慌亂。高手對決，這種心態是最致命的，路恆源將王小軍逼到臺角，卻用柔勁封住出路，王小軍如同一隻身到網口卻不能起飛的麻雀，立時會喪命於老貓之口。

路恆源冷笑道：「王小軍，現在在別人眼裡，你隨時都能跳下去，但你硬逞英雄最後死在這裡，所以他們認為你是活該！」

王小軍見他雙眼發紅，口氣惡毒，不知人何以能變成這樣。

路恆源獰笑道：「你不過是個臨時抱了幾天佛腳的臭小子，能和我支應這半天已經是你莫大的臉面，你不會以為你真能製造奇蹟吧？」

王小軍道：「你怎麼話這麼多？」

他心裡怒意漸漸積聚，既是惱羞成怒，也是對自己的不滿，心底有個聲音在大聲道：王小軍，你怎麼這個時候慫了？你一路逆襲而來，靠是就是玩命不怕死，怎麼現在有了身分反而沒出息了？

一念至此，王小軍眼中精光暴漲，喝道：「看掌！」他猛突向前脫離了臺口，右掌直擊路恆源中路。

路恆源詫異道：「喲，玩起命來啦。」他側身一引，將王小軍推了個趔趄，順勢往他後心打去。

在旁人看來，此招一出，這場戰鬥也就結束了。陳覓覓驚恐地瞪大了雙眼，卻是忍著沒喊出來。因為下一秒，王小軍忽然擰身以肘尖撞開了路恆源的攻擊。

這一招聽音辨形，腳下用的是他自創的步法，手上使的是纏絲勁加上張庭雷的虎鶴蛇形拳，路恆源退開半步，嘿然道：「負隅頑抗！」

王小軍這時已拋開一切顧慮，一招接一招地進攻，現在他的作戰理念很清楚——就是要心無旁騖地和路恆源兩敗俱傷，同歸於盡更好！這樣一來就簡單了，很多模稜兩可的招式不必去想，只求傷敵不求自保。

第六章

真相大白

吳峰等人走後，劉平朗聲道：「各位師兄師弟，天下武林同仁，現在所有事情已真相大白，武當掌門之位該仍屬淨禪子師兄，這一點有人有異議嗎？」

當然沒有。

劉平頓了頓道：「好，有請掌門師兄上臺講話。」

近千號人眼睜睜地看著，竟連呼吸都不敢大聲，這裡多的是武功精絕桀驁不馴的人物，卻從未見過如此險惡的拼鬥，個個瞠目結舌，冷汗直流。

陳覓覓再也看不下去，想要上臺助戰，淨禪子在她肩上一按，喃喃道：「這是他的最後一關。」

其實王小軍看似是在拼命，招數上已經完成了又一次重組、融合，如果光靠蠻幹的話，早被路恆源有機可趁了，只有勢均力敵才有拼命一說，老鼠遇上貓，再豁得出去也只能掙扎，如淨禪子所說，正因為全無顧忌的投入，王小軍終於完成了他現階段在技巧上的最後升級。

路恆源陡遇這一波怒擊，愕然道：「說實話，你這幾招打得還算不錯。」接著又冷嘲熱諷地嘖嘖道：「可惜你沒有力氣了，不然還真有可能讓你成了漏網之魚呢。」

王小軍也在心裡直嘆氣，他漸漸步入了武學高深的奧義殿堂，偏偏境界上去了，體力沒有了，但凡要是有剛上山時的狀態，取勝先不想，至少自保沒問題，可這一切都是空想。

可是王小軍就是這樣的性子，越是處在劣勢越不服氣，這時他已知絕難再贏，但一招招一式式毫不示弱，汗水順著他的臉頰脖子不住流下來，動作

也開始嚴重變形。

就在這令人絕望的時刻，王小軍忽覺那股正在全身遊走的內力在他的胳膊處猛然一緊，似乎像一條大蛇要往裡鑽一樣。

王小軍神色一怔，心道：「不會吧？」

王東來留在他身體裡這股內力，之前毫無幫忙的意思，一直在到處亂竄，王小軍已經慢慢習慣了它們的存在，也習慣了它們的冷眼旁觀，現在這股內力居然開始緩慢地滲入他的經脈——這支隊伍也不知是技癢還是受了召喚，終於竟肯出手相助了！

先頭部隊入駐手臂，王小軍一掌打出，風聲颯然！路恆源一愣，輕蔑道：「困獸猶鬥，毫無意義。」

王小軍抑制著內心的狂喜，刻意放慢了進攻的節奏——那些內力順著手臂上的經脈緩緩注入他的丹田，唯一的問題就是需要很長的時間。

在外人看來，王小軍也確實是在做垂死掙扎，但見他臉色漸漸紅潤，動作幅度越來越大，有人不禁低聲嘆道：「這是迴光返照了！」

路恆源的感覺卻不是這樣，王小軍動作是快了，但越來越趨於平穩，出招回招之際，四肢隱然有風聲裹挾，這正是功力深厚的表現，他心中疑惑，

索性打定一個主意：速戰速決！

隱藏王小軍體內的，是王東來六十多年勤修苦練的內力，它們洶洶然、濤濤然，忽然以恣意汪洋的態勢蕩開，隨即由各個主經脈、穴道呼嘯奔入王小軍的丹田，片刻之間又重新集結，並且士氣滿滿地宣誓效忠，王小軍清喝一聲，周身都煥發出熠熠光輝！

路恆源貼身而上，他毫不示弱地以快打快，配合著激蕩的內力，每一招都迸發出無與倫比的威力！

絲毫沒有徵兆的，路恆源已不自覺地用上武當以柔克剛的手法，隨即自己也吃了一驚，對手何以瞬息之間就變了一個人？

在這短短走神的工夫，王小軍又打出十幾招，無一不是力道澎湃，路恆源此刻的感覺就是：剛才自己還在盔甲鮮明信誓旦旦地攻打著別人的城門，可不知怎麼一混沌就成了一支孤軍，被人家四面圍在一座破城裡，強弱之勢逆轉得有點魔幻……

路恆源強迫自己冷靜，太極拳的最重要作戰技巧就是以弱勝強，他覷準王小軍一個空檔，雙掌齊推，王小軍卻嘿嘿一笑，不躲不閃，反而是露出了更大的間隙，同時右掌神不知鬼不覺地微微一動。

路恆源大喜，跟身進步全力打去，接著，他只覺雙掌像打在了一堵厚度無法估計的氣牆上，本來打出去是十分力，受到的卻是十二分，他身不由己地被彈出去七八米，身體也凌了空！

王小軍如影隨形地襲上，各種千奇百怪的招式也一起殺到，路恆源咬緊牙，手腳並用撥打扭轉，硬是嚴守住了所有空門。

只是王小軍出招太快，他忙於應付就需要腳和手配合，這樣一來，身在半空的他就像被王小軍囫圇吞個兒在推著走，竟連落地的時間也沒有！

靈風目不轉睛地看著，這時忽然一笑道：「好一招游龍勁，只是都這時候了還用這門功夫，王小軍這小子也真夠不厚道的。」

游龍勁是門純用來防禦的武功，最大的妙用是以一搏十，王小軍現在功力大進，正面轟擊過去也毫無問題，他再用游龍勁，就有點像百億富翁買輛五萬的車還要貸款，也太矯情了。

其他人眼見路恆源被王小軍打得連腳都顧不上落地，一起翻著白眼看那個剛才說王小軍「迴光返照」的人，這叫哪門子迴光返照啊？

臺上的兩人，一個「天上」一個地下，天上那個眼看就要被打到臺下，王小軍忽然收手站在了臺柱邊上。眾人一起暗叫可惜，本來路恆源腳下無根

馬上就要輸了，不想王小軍因為沒有經驗，居然錯失了這個機會。

路恆源也十分意外，他驚喜之餘不自覺地又看低了王小軍，不料王小軍忽然一掌打在臺柱上，路恆源正在納悶，就見地板忽然「啪」的一聲斷裂跳起，不禁大吃一驚。臺下不少人一起叫喊了起來：「隔山打牛氣！」

王小軍用的正是隔山打牛氣！這會兒他只覺內力充沛、鬥志昂揚，在不能使用鐵掌的前提下實在不知道該怎麼支配，忽然想起還有這麼一門手藝，於是乾脆拿路恆源試起手來。

至於原因，那是因為他知道憑路恆源的輕功，他不想下臺絕不會掉下去，而且他也不想讓路恆源下去——相對於對余巴川的憎惡，他更討厭路恆源，余巴川針對鐵掌幫的作為畢竟還有王東來那一巴掌做引子，可路恆源幹的事卻牽扯了太多無辜的人，王小軍想要的不僅僅是戰勝他而已！要想達到這一目的，就必須要出奇制勝！

路恆源一愣之後才明白了王小軍的心思，冷笑一聲飛撲而來。他看出王小軍還不能熟練地指哪打哪，而且就單論招式的話，他也還占著上風，他現在要做的就是繼續纏鬥！

王小軍拋卻心頭一切雜念，眼睛死死盯著剛才地板爆開的地方，就在路

恆源馬上要貼上來的時候，他又一掌擊在柱子上！

「啪！」路恆源腳邊的地板又裂開了！但差目標仍有五六公分的距離。

王小軍毫不氣餒，接著又是一掌打在柱身上。

路恆源面帶獰笑繼續掠前，他和王小軍已經近在咫尺了！

「啪！」就在路恆源幾乎觸手可及就能打到王小軍的時候，他正前方的地板猛然破碎彈到空中，驟然炸裂的木板碎屑還在其次，一股凌厲的氣刃直衝而上，就像有人埋伏於臺下良久，這時把一支鋒利的長矛擋在他的眼前一樣，路恆源大驚，急忙扭轉身子斜飛出去，這樣一來，他和王小軍的距離又拉開了！

王小軍屏息凝神，這時忽然嘿嘿一笑，喃喃道：「原來這玩意也是有公式可算的。」

他一掌一掌地打在柱子上，路恆源身邊的地板便寸寸斷裂炸開，路恆源儼然就像一隻身處網中的獵物，被網底無處不在又不可捉摸的長矛頻頻追殺！

慌亂終於浮現在路恆源的眼神裡，他全力展開輕功左右飄移，不斷找機會接近王小軍，但那支，或說那些長矛絲毫不給他喘息的空檔，只要他稍稍靠近，就會凌厲地從地下刺出，讓他的努力毀於一旦。

隨著地板的不斷炸裂、崩飛，路恆源也漸漸陷入疲於奔命的狀態之中，王小軍一邊往柱子上拍掌，一邊得理不饒人地嚷嚷：「你不是會四兩撥千斤嗎？你不是會借力化力嗎？你倒是撥啊，你倒是借啊——」

路恆源在臺上東奔西竄，漸漸地，他的一雙眼睛因為仇恨、失望、憤怒而變得血紅，他知道這一刻，他的所有野心已經難以實現，他所謂的願望就像一個氣泡般破滅了。

他冷不丁高高躍起，像隻老鷹般居高臨下撲向王小軍，這已經是他最後的目標——殺死王小軍，哪怕和他同歸於盡！

可惜他這隻老鷹面對的是一個已學會使用獵槍且子彈充足的獵人！王小軍計算著他落下的速度，不緊不慢地最後在柱子上拍了一掌，一股凌厲的勁氣適時地刺出，正中路恆源腹部，他被打得橫飛出去，王小軍快速進擊，又在他背上補了一掌。

路恆源像片凋零的樹葉一樣掉下臺去，千面人大叫道：「恆源！」

然而，就在所有人都一恍惚的工夫，路恆源猛然再次拔地而起，向著淨禪子掠去，同時雙掌並舉，兇惡地厲喝了一聲。

此時淨禪子離擂臺最近，靈風、陳覓覓以及武當諸人都和他尚有一段距

離，陳覓覓驚呼道：「師兄——」

淨禪子不慌不忙地伸出右手一牽一引，瞬間將路恆源的攻勢化解，隨即力道一張把他吐了出去，路恆源噗通一聲栽倒在地，逐漸萎靡，再也站不起來了。

靈風和周沖和急忙趕上一左一右把他夾住，淨禪子淡然道：「你真以為老道不吃飯就打不過你？」

王小軍蹲在臺旁擦汗道：「你這麼神怎麼不早出手？」

淨禪子掃了他一眼，微笑道：「臭小子，你能有今天還不謝我？」

王小軍一愣，這時他全身內力重歸於丹田，暖洋洋地熨貼著全身，而且既不張狂也不低靡，已徹底和他成為一體；要是沒有和路恆源這場劇鬥的錘煉，誰也不知道他走到這一步要多久，只是這其中的艱險辛苦實在不足為外人道了。

靈風抓著路恆源道：「師兄，這小子怎麼辦？」

路恆源猙獰笑道：「你們不能把我怎麼辦，我最多是妨礙了你們掌門接任典禮，這可算不上什麼罪過，你們最後還是得放了我！」

段青青喝道：「你策劃並參加了搶劫外國大使鑽石的行動，這都是你自

己承認了的。」

路恆源張開滿是鮮血的嘴叫囂道：「證據呢？你們沒有證據！」

千面人急叫道：「恆源你快走！」說著冷不丁往前一躥，旨在引開武當諸高手為路恆源贏取時間，悟道伸出兩根手指在她肩上一搭，千面人頓時動彈不得。

悟道面無表情道：「掌門，這女子怎麼處置？」

淨禪子揮揮手道：「放她走吧。」

所有人吃驚道：「放了？」

淨禪子道：「都是為情所困的可憐人，給她一次機會吧。」

悟道聽淨禪子這麼說，馬上放開了手，千面人一愣，哭倒在地道：「道長，我求求您，把恆源也放了吧。」

淨禪子搖頭道：「老道不睚眥必報，但也要恩怨分明，我吃的那些苦可以不跟他算，但我兒子呢？」

千面人匍匐在地道：「您兒子吉人自有天相，他不是安然無恙嗎？」

淨禪子道：「也對，可是路恆源所作所為差點害得一對年輕人痛苦一生，他們如果原諒了他，那我也沒什麼好說——小軍，覓覓，你們怎麼說？」

王小軍跳下臺，拉著陳覓覓的手道：「以後我們家大事小事都是覓覓說了算，她做主吧。」

陳覓覓看著路恆源道：「你這人心太髒，你把你父親的死無故遷怒到我師兄頭上，你若是苦練武功打上武當來，我也算你是條漢子，可你手段太過卑鄙，在你沒受懲罰以前，我不能原諒你！」

眾人齊聲道：「說得好！」

路恆源一邊劇烈地喘氣，一邊哈哈笑道：「陳覓覓，你忘了嗎，搶那黑鬼鑽石的時候我沒留下證據，王小軍可是在銀行前面的監控鏡頭前露足了臉，你現在最需要擔心的不是怎麼懲罰我，而是幫你的王小軍脫罪！」

千面人哭喊道：「恆源，你就認個錯吧。」

「你閉嘴！」路恆源喝了她一聲，又癲狂道：「我還是那句話，你們沒有任何證據扣留或者懲罰我，要麼現在放我走，要麼當著天下武林人的面打死我，看警方會不會因為這是江湖恩怨而袖手不管。」

靈風怒道：「路恆源，想不到你是這麼塊滾刀肉，真丟你爹的臉！」

張庭雷大聲道：「他爹也未必是什麼好東西。」老頭忽然話風一轉道：「今天我們這些人上武當只是為了欣賞風景，從沒見過什麼路恆源，是砍是

殺，道長們做主吧。」說著他扭過身子，大步就往山下走。

其他人瞬間明白了他的意思，也全都背過身去。一時間，鳳儀亭下除了武當派的人，其他武林人竟全面朝山外，就要擇路下山。

路恆源先是愕然，接著冷笑道：「好，你們居然集體做偽證，日後警方問責起來，你們一個也跑不了，你們這些人都進去了，武協也就完了，我無意中又替綿月完成了一件大事！」

淨禪子忽然擺手道：「各位同仁，此法不可行，雖說正邪不兩立，但我們畢竟和那些邪門歪道不同，我們不能不擇手段。一個路恆源而已，放了就放了，我就不信他還能攪起多大的風浪。」

眾人知道他這是怕大家日後受了連累，可是就這麼放走路恆源，卻是人人不甘。

就在這時，就聽山下有人朗聲道：「還是淨禪子道長仁義，你們這些老兄弟啊，就是不讓我省心！」

吳峰帶著齊飛王宏祿等幾個員警冒上了山頭，原來是民武部的人到了。

吳峰走到近前，掃了張庭雷一眼道：「老哥，你以後出主意的時候能不能過下腦子，你這不是給自己和我們找麻煩嗎？」

張庭雷哼了一聲道：「你們永遠來得那麼『及時』。」

吳峰嘿嘿一笑道：「我們幾個可是真的看了半天風景才上來的，我雖然是公務員，可也是武林人，知道你們辦事不希望看到我們的影子。夠意思吧？」

張庭雷吐嘈道：「就是說需要你們的時候你們都不在，剛才這臺上要打出腦漿子來，你們又如何知道？」

吳峰道：「有淨禪子道長主持，我相信不會出這樣的事。」

陳覓覓反問道：「可是我師兄的兒子掙扎在生死線上的時候，你們在哪兒？」

吳峰道：「小丫頭，這你就冤枉我們了，唐大公子行動的時候，我們還真就在他身後。」

唐缺嚇了一跳道：「什麼？」

吳峰拍拍他的肩膀，和顏悅色道：「你做得很好，所以我們的人也就沒有出現。」

唐缺愣了一愣，接著額頭汗下。

吳峰轉眼看著路恆源，沉聲道：「路副行長，你要的證據我們帶來了。」

路恆源挑釁道：「所以你們是來抓王小軍的嗎？」

吳峰搖搖頭，拿出一台ＤＶ道：「先給你看段視頻。」視頻是在地下車庫拍的，從王小軍身分被識破，到武協的幫手到來，大混戰始末都很全，裡面的人明顯分成兩派，王小軍自始至終都在阻止蒙面人打劫也一目瞭然。難得的是居然還有不錯的剪接，遠景特寫都很考究，簡直可以媲美一部好萊塢電影。

「這是黃家兄弟的作品啊。」王小軍詫異地咕噥了一句。

路恆源吃驚道：「這東西怎麼到了你們手裡？」

吳峰道：「從視頻內容上看，王小軍屬於見義勇為，所以你說的證據不存在。倒是你，路副行長，你身在要職，監守自盜，除了搶劫這一條罪名，還要加上一條瀆職。」

路恆源冷冷道：「這視頻裡的人都蒙著臉，你要硬栽贓我可不認。」

吳峰不緊不慢地打開另一條視頻，視頻裡，路恆源面對鏡頭正在交代任務，就聽他清楚地說道：「……會在下班後取走鑽石，一共兩箱，有八個特警保護……他們會從地下車庫趕往機場，我們……」

坐在路恆源對面的，是同樣沒遮臉的余巴川和孫立。他們似乎並沒有發現有攝影機，也就是說，他們的一舉一動都被偷拍下來了。

路恆源的臉色變了！

吳峰道：「你還有什麼說的嗎？」

路恆源忽然衝千面人喝道：「是你！你為了留下把柄要脅我，所以拍了這段視頻對不對？」

千面人錯愕道：「恆源……你怎麼可以這麼想我？」

路恆源大聲道：「你早看出我根本就是在利用你，所以你留了一手用來脅迫我！這是你們神盜門的慣用伎倆！」

千面人滿臉震驚，整個人瞬間就像垮了一樣癱倒在地上，她任憑淚水在臉上滾滾而下，卻沒有再說一句話。

吳峰道：「路恆源，你涉嫌瀆職、搶劫，我現在代表警方逮捕你。」

吳峰話音剛落，齊飛已給路恆源戴上了手銬。

千面人忽然淡淡道：「把我也帶走吧，視頻裡那個老頭是我喬裝的。」

吳峰詫異道：「你……就是大名鼎鼎的千面人？」

千面人點了點頭。

下面有人竊竊私語道：「別人的綽號都有誇大的成分，這個千面人卻十足做到了，聽說她吃一頓飯的工夫就能變好幾次臉，也不知現在咱們看到這

張是不是真的？」

千面人對吳峰道：「這就是我的真面目，而且我以後不會再做這行了。」

路恆源忍不住道：「你這是何苦？」

千面人面無表情道：「路恆源，我做下的孽我會去還清，從此以後，咱們再無關係。」

陳覓覓黯然道：「哀莫大過於心死，被心愛的男人懷疑，千面人這是覺得心死了。」

王小軍忍不住問吳峰：「你的視頻是從哪來的？」

吳峰猶豫了一下，道：「說也奇怪，這兩段視頻是有人快遞到我手上的，不過千面人為了路恆源命都可以不要，應該不是她。」

齊飛等人押著路恆源和千面人下山，淨禪子待路恆源從自己面前走過時道：「等等，唐缺收到過兩道命令，一條是要目標暫時消失，一條是永遠消失，我想知道後一條命令是誰下的？」

路恆源道：「我！」他慘然一笑道：「綿月還沒卑鄙到那個份上。」他忽然大聲道：「王小軍，你真應該幫綿月的。」

王小軍攤手道：「幫他嘩眾取寵欺騙大眾嗎？」

路恆源道：「雖然他現在做的有些事情偏離了軌道，但我知道他的本心是為了武林，在現實面前，人有時候是不得不從權的。」

吳峰沉聲道：「這世上就怕從權二字，覺得自己的出發點是好的，目的是對的，手段可以不計，就比如現在，我們都知道你做了很多壞事，只是還沒有被定罪，那我是不是就能一槍打死你？」

路恆源冷笑道：「你打死我好了。」

吳峰道：「打死你當然簡單，還省了取證、審訊、宣判的時間，可是當所有警察都這麼幹的時候，天下就沒有人是安全的。法律是要保護所有人的權益的，這條路走錯一步就是不歸路，你覺得綿月還有辦法回頭嗎？」

路恆源無言以對，吳峰揮揮手讓人把他帶了下去，他把王小軍拉在一邊，嘆氣道：「小王主席，你才答應過我有事多聯絡的，怎麼轉眼就跑到武當山上攪黃了人家的掌門接任大典？」

王小軍道：「哪有什麼接任大典，武當掌門不還是淨禪子道長嗎？」他嘿嘿一笑道：「我尋思著追回自家未婚妻是私事，所以就沒麻煩你們。」

吳峰無可奈何道：「就知道你有說辭。」他壓低聲音道：「現在我們手上有了這份視頻，余巴川和孫立也成了通緝對象，不過還無法針對綿月，你

要小心他報復。」

王小軍道：「多謝。」

吳峰等人走後，劉平朗聲道：「各位師兄師弟，天下武林同仁，現在所有事情已真相大白，武當掌門之位該仍屬淨禪子師兄，這一點有人有異議嗎？」

當然沒有。

劉平頓了頓道：「好，有請掌門師兄上臺講話。」

山上近千號人一起歡呼鼓掌，淨禪子肅穆走上鳳儀亭，往下按了按手道：「說實話，老道有些灰心。」

眾人聽他說的不是個話頭，也都明白他此刻的心情，不禁都安靜了下來。

淨禪子道：「這次的事情源於不信任，你們不信任我，我也不信任你們，你們不信我沒有觸犯戒律，我不信你們能不利用這個秘密興風作浪，所以多年來一直沒有把它公之於眾。我們修道之人，彼此心懷鬼胎多年，這著實讓人汗顏，早知如此，倒不如我一早就對大家坦白，說到底，我有錯在先，在此向大家賠禮了。」

「心懷鬼胎」這四個字正切中這次變故的要害，只是眾人沒想到他說得這麼直白，不禁個個面有慚色。

淨禪子又道：「以前世人提起武當派，都知道是張三豐祖師創下的那個門派，但我們要是還這麼窩裡鬥下去，我們的弟子逢人說自己是武當弟子，不免就會有人問你是武當哪一門、哪一支；更甚之，說不定過多少年之後，世間只留太極拳而不存武當派，這也是有可能的。」

武當諸人聽到這裡人人悚然變色，江湖上因為內耗紛爭而滅派的事屢見不鮮。淨禪子這話可不是危言聳聽。

淨禪子淡然道：「言盡於此，各位以後好自為之吧。」他忽然面向淨塵子道：「淨塵子，你勾結外人挑弄是非，我現將你從武當派中除名，你下山去吧，從此以後不得再上武當山半步。」

淨塵子這半天惴惴不安，早就在等著這一刻，這時反而踏實，他自知是咎由自取，不敢多說一句，灰溜溜地下山去了。

淨禪子又瞪了道明一眼以示警告，這才道：「今日武當山上貴客臨門，蓬蓽生輝，倒是意外之喜，有願意在山上小住的，老道也樂意做東，至於吃喝，出家人不能騙人，這景區裡酒肉都不缺，不過這個客我就不方便請了，一是有礙觀瞻，主要是我沒什麼錢。」

眾人聞聽哄然大笑，金刀王揮手道：「吃飯能花幾個錢，我全包了！」

王小軍笑嘻嘻對胡泰來和唐思思道：「那是因為他沒吃過叫『隨便』的魚。」

金刀王一把拉住王小軍道：「小王主席，武協大會的時候因為綿月攪局，連頓飯也沒好好吃，今天你可得跟我們一醉方休。」

王小軍拉著陳覓覓的手笑道：「你們先去，我隨後就到。」

金刀王本來還想強拉他走，劉老六一拍他道：「你真沒眼力啊，這小子費盡力氣地打上武當來，就是為了陪你喝酒嗎？」

金刀王瞬間瞭然，嘿嘿一笑道：「那你和陳姑娘說完話，一定來找我們啊。」

靈風蹦到王小軍面前，眉飛色舞道：「這下——」不等他說完，張庭雷攬著他的肩膀將他勾走，一邊道：「比武著什麼急，先跟我們去聚聚。」

靈風掙扎道：「我不喝酒也不吃肉，跟你們去幹什麼？」

張庭雷不悅道：「那你吃點豆芽也是好的嘛。」

眾人散盡，王小軍和陳覓覓手拉著手，漫無目的地在山上閒逛，經歷了劇變之後的兩人格外珍惜這片刻的安寧。

大約過了三十秒後，王小軍忽然跳起來道：「我要是沒來，你這會兒已經成尼姑了吧？」

陳覓覓一笑道：「也說不定我會逃跑。」

王小軍撇嘴道：「那你怎麼不早點跑，害得我這一路上滿腦子都是你當了尼姑的樣子。」

陳覓覓道：「這就跟害怕考試一樣，都是臨進考場才最怯，哪有剛開學就不見了的？」

王小軍笑嘻嘻道：「所以你是不是在盼著我來？」

陳覓覓老實道：「說實話，我又盼你來，又怕你來。」

「這是為什麼？」

「因為我知道你只要來了，事情就會變得不死不休，你這個人做事風格就像一頭中了箭的野豬，從不知道迂迴。」

王小軍叫道：「哪有這麼說自己老公的，再說，我平時是多圓滑的一個人啊，這不是有人從我嘴裡奪食嗎？」

陳覓覓哈哈一笑道：「原來你不是野豬，是狗。」

王小軍道：「說起今天的事，還要多謝老胡，雖然是唐缺良心發現，不

過要沒他在唐家堡埋下的因，誰也不知道唐缺會不會做蠢事；以唐缺的身手和條件，他想幹掉一個普通人，恐怕民武部的員警也未必來得及阻止吧。」

陳覓覓左右打量道：「老胡呢？」

王小軍指著對面的山坳嘿然道：「在那。」

就見胡泰來和唐思思遠遠地並肩而行，兩個人也是有說有笑，王小軍憤憤道：「你看老胡那個得意忘形的樣子，重色輕友！」

陳覓覓無語道：「你也是才剛想起人家來的好嗎？」

王小軍笑嘻嘻道：「好吧，那我也重色輕友。」

他忽然把陳覓覓拉到眼前，使勁攬她入懷，陳覓覓把頭伏在他肩膀上，兩人這次卻是誰也沒有再說話。

也不知過了多久，就聽邊上有人輕輕咳嗽了一聲，兩人大吃一驚地分開，見是淨禪子席地而坐，仰頭看著兩人，也不知老頭什麼時候來的。

陳覓覓臉色大紅，嗔怪道：「師兄，你……」

淨禪子連連擺手道：「我是實在等不了了，你倆光這麼抱著半個多小時了，你沒看我都坐在地上了嗎？」

王小軍嘿然道：「道長找我們有事？」

淨禪子站起來拍拍屁股道：「來，我教你一套太極拳，覓覓你也看著。」

王小軍愕然道：「教我太極拳？」

淨禪子道：「我知道就算我不教，以後覓覓也少不了要教，不過她是她，我是我，怎麼說你也為老道吃了不少苦，這個人情還是要還的。」

「好……吧。」王小軍既感莫名其妙又不好拒絕，只能勉強答應。

他經過這大半天的鏖戰，已對比武切磋深感厭惡，可是淨禪子的面子又不能不給，武當掌門是何等身分，常人平時能請教個一招半式都是天大的福分，人家趕著來教你，王小軍不是個不知好歹的人。

陳覓覓紅著臉道：「小軍，你好好學。」淨禪子剛才那句「我不教覓覓也會教」意味深長，陳覓覓再大方也覺得不好意思了。

淨禪子再不廢話，右掌畫個圈打向王小軍道：「看招。」

王小軍這時體力濤然，唯恐對方吃不消，只是不住回防，幾招一過，淨禪子道：「老道剛才已吃了兩碗米粥，你就不用畏首畏尾的了。」

王小軍聽了道：「好！」

他清楚淨禪子旨在教他太極理念，所以也全用所會不多的推手功夫來應對，二人手掌一觸，王小軍就覺身子不由自主地轉起了圈子，似乎有股天外

洪荒之力在冥冥之中牽制著他，王小軍臉上不禁變色，他見淨禪子年紀老邁，這些天又受了那麼多罪，滿以為他體力精力都會不濟，想不到老頭內力如此深厚。

淨禪子似乎知道王小軍在想什麼，微微一笑道：「傻瓜，老道借用的力量都是來自於你身上，你仗著學過游龍勁，和武當派門人動手無往不利，但你真以為太極拳就是這麼簡單嗎？」

王小軍好笑道：「想不到道長還記仇。」

他這次長了心眼，不再用蠻力過度，就那麼敷衍地比劃起來。

淨禪子氣韻內斂，忽然將手掌一張，就聽「破」的一聲，一道極其凌厲的勁氣在二人中間炸開，王小軍頓時失色，他明知淨禪子沒有傷他的意思，但若被這勁氣打中，後果同樣不堪設想。

淨禪子淡然道：「不必大驚小怪，我這招用的力道仍然來自於你。」

王小軍詫異道：「可是我壓根就沒出力。」

淨禪子道：「大力是力，小力也是力，江湖人對太極拳最大的誤解就是欺硬不欺軟，以為我們武當派的功夫只能對付些有勇無謀的莽夫。所謂引而不發，但最終的目的還是在『發』字上，你雖招招克制，但畢竟不能滴水不

漏，你每浪費一絲一毫的力氣都會在我這裡積攢起來，到了一定時候集中爆發，還施在你身上。」

王小軍聽得半懂不懂，愈發小心翼翼地進著招，但隔三差五的，淨禪子必定會有一個暴擊，兩個人用的明明都是最柔緩的招式，偏偏不斷有聲勢驚人的勁氣爆發，王小軍忽然恍悟道：

「太極拳的精義不但在於『借』和『化』，還在於『攢』，道長就像廢物回收站一樣，能源源不斷地把我浪費的力量積攢起來，當它們足以對我造成傷害後再突然回擊。」

淨禪子欣慰道：「好小子，腦子真快！」

王小軍道：「我明白了，我和你交手，不論是班門弄斧地用太極拳還是用其他武功，只要不把力量支配得天衣無縫，永遠是打不過你的，因為你用來對付我的全都是我的內力，你做的是沒本的買賣，只有賺沒有賠！」

淨禪子笑道：「又說對了。」

王小軍道：「那『精微伏脈、熱切八荒』是什麼意思？」

淨禪子喝道：「你想那些幹什麼，做好你現在要做的事！」

·第七章·

力求轉型

楚中石滿臉憂國憂民道：「我想過我們也到了該轉型的時候了，再這麼和武林為敵也不是個辦法，我決定幹點常人幹不了的事，比如去北極拍個企鵝的紀錄片什麼的，黃家兄弟已經同意了，進展順利的話，這個月中就走。」

王小軍一凜，放下一切胡思亂想，一心和淨禪子捉起了迷藏，他每一招既出，內力半出半回，總歸是要絞盡腦汁地不讓對方捕捉到。

不過這談何容易，二人過了幾十招，招招輕飄飄地看似無所借力，但漸漸生出一層氤氳的氣場，原來淨禪子固然在不停積攢對方的力道，王小軍也在不停地回收，百招一過，兩人都已進入了渾然忘我的境界。

陳覓覓看得又是歡喜讚嘆又是擔心，唯恐誰有個閃失傷了自己或誤傷了對方。

淨禪子道：「王小軍，你學得怎麼樣了？」

王小軍汗津津道：「我看今天也就到這了。」

淨禪子一笑道：「我看也是。」兩人一起收招，王小軍道：「多謝道長。」

淨禪子又朝陳覓覓招招手道：「覓覓你來，我有話要對你說。」

「嗯？」

淨禪子認真道：「武當掌門這個位子，你不再考慮了嗎？」

還沒等陳覓覓說話，王小軍已經忍不住急道：「道長，你這是又要搞啥啊？」

淨禪子擺擺手，又對陳覓覓說：「當年我們跟師父學的都是武功，至於

入不入教卻沒有規定，師兄我是而立之年忽生迷惘之心，才皈依了全真教。『掌門必須入教』這話由來已久，可到底是誰說的已完全不可考，現在想來，師父多半也不以為意，不然他為什麼先把你嫁了人又有意要你做掌門？」

陳覓覓困惑道：「師兄，你到底什麼意思？」

淨禪子道：「我的意思是：只要你做了掌門，很多似是而非的規矩是可以更改的。」

陳覓覓驚訝得瞪大了眼睛：「啊？」

淨禪子道：「就比如說咱們收養的那些孤兒弟子，何必讓他們自幼恪守教規，拿明月和靜靜來說，我看她倆也沒什麼慧根，眼看到了情竇初開的年紀，你讓她們這輩子不許嫁人也是個麻煩啊！」

王小軍哭笑不得道：「道長，你還是個老暖男啊！話說你就是掌門，為什麼不能改革一下？」

淨禪子嘿嘿笑道：「我這把年紀操這個心，豈不是讓人說我心懷不軌，老不正經？」

王小軍點頭：「也是。」

淨禪子道：「武當山上，門派和教派自古就是分開的，為什麼門派的事非要攪和進宗教的因素，我看完全是可以分別獨立的嘛，所以師妹，你不想讓武當在你手上做些改良嗎？」

王小軍道：「只要能嫁人，我倒是不介意。」

陳覓覓一笑道：「師兄，我又懶又饞又沒規矩，就算不當尼姑，想想每天要面對那麼多正經八百的老頭我就受不了了，你還是饒了我吧。」

淨禪子知道她說的是真心話，無奈地嘆了口氣道：「那這些活只好讓沖和去幹了。」

淨禪子和二人說完話，拍了拍破舊的道袍道：「師妹，武當派百廢待興，你和小軍走的時候，師兄可能就不能來送你們了。」

陳覓覓百感交集道：「師兄保重。」

兩個人作別了淨禪子，王小軍道：「武協的一群老小還在山下喝酒，咱倆無論如何也該去露個面了，不然讓人說我這個主席耍大牌。」

陳覓覓嫣然道：「瞧你那得意樣。」

這時，就聽身後有人道：「王小軍。」

兩人一起回頭，見楚中石背手站在那裡，王小軍好笑道：「以前見你不

是在牆上就是在房頂上，很少見你這麼平易近人啊。」

楚中石看了陳覓覓一眼，嘿然道：「小聖女面前不敢班門弄斧。」

陳覓覓好奇道：「你來幹什麼？」

楚中石道：「我來做個客戶回訪。」

「誰是你客戶？」陳覓覓問。

楚中石一指王小軍：「他就是我的客戶。」他問王小軍，「對我的易容服務，你還滿意嗎？」

王小軍道：「雖然被人識破了，不過不是你的問題，就算滿意吧。」

楚中石道：「別算！一定說實話，我現在地位不同了，可不能胡來。」

王小軍笑道：「滿意，不過，我希望我以後再也用不到你就更好了。」

陳覓覓問王小軍：「在李威家的時候，你說你跟他做了一筆交易，那是什麼？」

楚中石插口道：「他答應把鐵掌三十式的照片都給我，我則為他臥底行動提供全方位服務。」

王小軍撇嘴道：「說那麼好聽幹啥，你不就替我畫了個妝嗎？」

楚中石笑而不語，王小軍忽道：「難道黃大飛黃小飛拍的視頻都是你送

到民武部手裡的？」

楚中石道：「當然，別忘了他們都是神盜門的人。」

王小軍一把抓住楚中石的脖子，嚷嚷道：「那黃家兄弟拍到我使用鐵掌的視頻怎麼還是落到綿月手裡了？」

楚中石一邊掙扎一邊嘶聲道：「因為那時候他們還不聽我指揮……」

「什麼亂七八糟的，這到底是怎麼回事？」王小軍有點迷糊了。

陳覓覓示意王小軍放開他，忽道：「你剛才說你『地位不同』了，你現在是什麼地位啊？」

楚中石理了理衣服，儼然道：「我現在是神盜門的發言人，說白了就相當於幫主、掌門。」

王小軍懷疑道：「你？這是什麼時候的事？」

楚中石道：「自古以來，神盜門的幫主都是按業績大小，三年一選，今年到了重選幫主的時間，按業績來說，神盜門裡只有我和千面人成績相近，所以競爭格外激烈。」

陳覓覓昏道：「你們這業績是按什麼算？誰偷的錢多算誰贏嗎？」

楚中石義正言辭道：「我重申一遍，在我們神盜門，錢代表不了一切。」

王小軍翻了個白眼道：「簡直不敢相信在這個社會還有人說這樣的話，而且說這話的還是一個賊。」

楚中石不以為意地道：「我們的排位是按難度來計算的，前段時間千面人不是把武當的真武劍給偷了嗎，這就讓她的積分高出我一大截，所以我要想追上她，就只有一個辦法。」

王小軍恍然道：「就是得到鐵掌幫的『秘笈』？」

「沒錯！」楚中石興奮道：「武當是六大派之一，鐵掌幫也是，而且真武劍是死的，我想得到秘笈還得與虎謀皮，所以，我得到鐵掌三十式之後，積分就能和她打平了。」

王小軍點頭道：「難怪你費盡心機鍥而不捨地纏著我——你有了鐵掌三十式之後也只是和千面人打平，為什麼你最後當了幫主？」

楚中石道：「因為千面人在萬分關鍵的時刻，犯了一個大忌，她不該參與搶劫外國大使鑽石的行動。」

王小軍不解道：「這怎麼了，賊不就是幹這個的嗎？」

楚中石像受了侮辱一樣高聲道：「不行，我們是神盜門，不是搶劫犯，對一切運用暴力的搶奪都是嚴禁的；而且我們門裡有不成文的規定，絕不碰

銀行的東西，一來惹麻煩太快，二來，那不是跟下九流的蟊賊一樣了嗎？」

陳覓覓嘆道：「千面人也是遇人不淑，她這麼做全是為了迎合路恆源。」

楚中石道：「所以恭喜我吧，站在你們面前的正是神盜門的新任幫主。」他對王小軍道：「我承你的情，把能幫你洗脫嫌疑的視頻都貢獻出來了，本來我們是絕不和警方打交道的，為了還你的人情，我破一回例。」

王小軍道：「從這點上來說，我還真得謝謝你。」他忽然想到一個問題，忙道：「那路恆源安排搶劫任務的那段視頻，是在誰的授意下拍的？」

楚中石一笑道：「誰的也不是，我們是賊嘛，狡兔三窟總歸是安全一點，所以那是黃家兄弟自己的主意。」

王小軍道：「看來跟你們打交道還是得小心些，這樣吧，你以後再看上我什麼東西了，直接跟我說，能給的都給。我發現，被你們這幫人惦記上，嘴裡嚼著的口香糖都能給偷走！」

「話也不是這麼說。」楚中石滿臉憂國憂民道：「我想過，我們也到了該轉型的時候了，入神盜門的人，誰也不缺錢，都是為了好玩、刺激，再這麼和武林為敵也不是個辦法，我決定帶隊幹點常人幹不了的事，比如去北極拍個企鵝的紀錄片什麼的，黃家兄弟已經同意了，進展順利的話，這個月中

就走。」

王小軍嗤道：「騙誰啊，這個月中你們辦得下來護照嗎？」

楚中石回道：「不用辦，到了機場現偷，再易容唄。」

王小軍和陳覓覓：「……」

楚中石擺擺手道：「和楚幫主說再見吧，說不定下次再見的時候，我就是著名導演加製片人了。」

王小軍無語道：「你們是看上影視圈的熱錢好撈是吧？」

楚中石說走就走，身子一晃已經到了山腰，王小軍忽然叫道：「楚中石！」

「啊？」楚中石愕然回頭。

王小軍道：「我只想確認一下，指使你偷我秘笈的人到底是不是綿月？」

楚中石認真道：「我還是那句話，第一，我就算知道也不能告訴你，第二，我真不知道。」

王小軍揮手道：「去你的吧。」

看著楚中石走遠，他小聲跟陳覓覓說，「看看錢包還在不在？」

陳覓覓目送著這個立志要當導演和製片人的飛賊走遠道：「其實有句話我還沒來得及問楚中石。」

「什麼話？」

陳覓覓悠悠道：「北極有企鵝嗎？」

……

王小軍和陳覓覓剛到山腳，就被一干人攔住敬酒，金刀王首當其衝，其他人蜂擁而至，不多時就簇擁了一大堆人。

秦祥林端著酒杯晃晃悠悠地來到王小軍面前，由衷道：「小軍，這麼多年了，只有你當這個主席我打心裡佩服，來，為了咱們武協，我敬你一杯。」

王小軍剛想舉杯，就見熊炆瞪了秦祥林一眼道：「你喝多了吧，怎麼說這種話？」

秦祥林不服道：「我怎麼不能說？」

眾人都是一凜，不知道他要說什麼難聽的話，熊炆忽然嘿嘿笑道：「因為咱倆都還不是武協的人。」眾人絕倒。

王小軍道：「歡迎兩位前輩參加明年的武協考試，我一定親自迎接。」

華濤道：「小王主席，明年的武協大會你準備在哪兒開啊？」

王小軍撓頭道：「這事……你容我想想。」

江輕霞一笑道：「我來毛遂自薦，大夥要不嫌棄的話，不如就來我們峨

眉派相聚如何？」

郭雀兒拍手道：「好好好，這個提議好。」

韓敏無奈地看了她一眼道：「哪有你這麼自賣自誇的，你說好在哪裡了？」

郭雀兒道：「省得我們姐妹跑。」

眾人哄堂大笑，這件事就這麼定了。

這時瓦督帶著丁青峰、張庭雷帶著武經年，梅仁騰也湊了上來。

瓦督來到王小軍跟前，面無表情道：「小王主席，劣徒給你添麻煩了，明年我就讓他重新參加武協考試。」這老頭心高氣傲，又不善和人接觸，這已經是他能表現出的最大的善意了。

還不等王小軍說話，丁青峰冷著臉道：「但我有一個要求。」

王小軍道：「什麼要求？」

丁青峰看著陳覓覓道：「六大派的弟子不用參加考試這事我不服，我要求和這位陳姑娘比試一下，她要是贏了我，我就認認真真準備考試，不然這武協我不入了。」

段青青道：「愛入不入，誰稀罕你？」

郭雀兒也道：「你可真有本事，和一個姑娘家叫板。」

陳覓覓擺擺手，微笑道：「丁大哥這話也是人之常情，我遇上這樣的情況我也不服，既然他想切磋一下，那我獻醜了。」

丁青峰也不多說，伸手在背上抽出了自己的兵器——正是武當山下買的大寶劍一柄。

陳覓覓也飄然下場，丁青峰長劍一抖刺向她前心，陳覓覓斜邁一步，手掌貼著劍脊遊走，接著一托，丁青峰長劍險些脫手，陳覓覓瞬間撤招，淡然地站回了原地。

丁青峰臉色一白，接著又一紅，垂手道：「我輸了。」

人群裡有沒看清楚或者眼光不到的都大為驚詫：「這麼快？」

原來丁青峰也很清楚地感覺到了，陳覓覓如果不撤力的話，他的長劍必然要被奪走，只是一招之間就敗得如此徹底，他也始料未及。

其實陳覓覓在這一招裡用上了她全部的武學心得，事關武當名聲，她不敢有絲毫大意，丁青峰卻先入為主以為小聖女只是輩分高而已，此消彼長，導致了這場架還沒打就已經有了結果。

她溫然一笑道：「其實六大派弟子免試這種規矩，自打我還沒出生就有

了，我也是身不由己。」

丁青峰臉更紅了。

王小軍道：「我做主了，以後這條規矩改了，六大派的弟子想進入武協也得考試，只要有實力，怕什麼考試嘛！」

眾人紛紛讚道：「小王主席果然是大刀闊斧啊。」

劉老六嘿然道：「切！明明是主席夫人的意思。」

在一片歡騰中，只有沙勝鬱鬱不樂。王小軍上前道：「沙前輩，沙麗沒跟你一起來嗎？」

沙勝嘆了口氣道：「沙麗這孩子從小就是一根筋，我很怕她要跟著綿月一條道走到黑。」

王小軍道：「她學了一種奇怪的功法來克制反噬，你知道嗎？」

沙勝點頭道：「那是綿月教她的。」

「綿月？」

沙勝道：「綿月早就察覺到我們崆峒派武功上的這個缺陷，此人也確實天賦異稟，居然在極短的時間內發明了一套內功心法來緩解反噬，所以沙麗對他很是感激，也很佩服。據我所知，你們鐵掌幫也有一樣的困擾，綿月很

可能利用這一點對你進行威逼利誘，你要做好準備。」

王小軍嘀咕道：「照這麼看，雇用楚中石偷鐵掌幫秘笈的人，最有可能的就是綿月。」

沙勝道：「其實針對反噬，我倒是有個辦法能萬無一失地度過難關。」

王小軍意外道：「真的？」

沙勝道：「無論是鐵掌還是伏龍銅掌，練到越深的境界才越容易受反噬之苦，那我們以後就控制好這個量，再有新入門的弟子頭十年，甚至是頭二十年只教他們最粗淺的功夫，往後也是一樣，到了我這個年紀，無非是個一二流的江湖人物，自然不會受到反噬。」

王小軍哭笑不得道：「我還以為是什麼呢，你這是為了不讓人考大學，硬是把高中教材全刪了啊。」

沙勝認真道：「學無止境，這句話放在哪裡都一樣，焉知我們受的苦不是因為貪心太重？」

王小軍無語道：「你前幾天還想著當武協主席呢，怎麼這麼快就認慫了？」

沙勝感慨道：「我老了，也想開了，與其強求，不如平平淡淡地活著，

就算退出六大派，也好過自生自滅吧？」

王小軍只有苦笑，他現在身負王東來一生的內力，早就沒資格過「平平淡淡」的日子了。

這頓酒一直喝到半夜，群豪才盡歡而散，王小軍在上次住過的武當別院開了一間房，和胡泰來還有唐思思一敘這段時間各自的經歷。這四個小夥伴終於又聚在一起了。

原來王小軍去綿月那臥底那天，胡泰來和唐思思就直接去找劉老六，雖然沒能找到淨禪子的兒子，終究是讓言文清和路恆源這對父子浮出了水面。王小軍自然不免加油添醋地把自己的傳奇遭遇說了一遍，陳覓覓聽到他為了阻止自己接任而導致身分暴露時，忍不住拉住了他的手。

王小軍見唐思思坐在那裡，身子不自覺地斜靠向胡泰來，依稀就像是一對戀人，冷不丁若無其事地問：「你倆什麼時候結婚？」

唐思思下意識道：「我還不到年紀。」

王小軍嘿嘿壞笑，陳覓覓也嫣然道：「不到年紀？」

唐思思不明所以道：「本來就不到年紀啊，法定結婚年齡不是……」她

這時才覺失口，狠狠瞪了王小軍一眼。

王小軍對胡泰來道：「老胡，你還不趕緊謝謝我？我這一句話幫你預定了一個老婆。」

胡泰來溫柔地看了唐思思一眼，笑道：「小軍你也真夠壞的。」

王小軍得意道：「這就叫出其不意，以思思的刁蠻性子，你問她什麼她肯定不好好說，只能這樣套話。就比方說你找人要投資，開口要十億，他嚇一跳之後馬上就會說實話——最多五千萬，這在兵法上就叫虛虛實實。」

陳覓覓笑道：「恭喜你老胡，雖然你婚還沒求，思思心裡已經答應嫁給你了。」

王小軍好奇道：「能不能講述一下戀愛經過，我怎麼感覺錯過了最精彩的一段，你們是怎麼攪到一起的？」

胡泰來有些局促道：「這……這……其實……」

唐思思接口道：「其實你沒有錯過最精彩的部分呀，在西安，他命懸一線的時候想的是怎麼把我從婚禮裡搶出來；他救了金信石，放棄報酬不要，只為了讓我和曾玉之間的舊賬了結；我擔心我媽的時候，他二話不說就帶我去唐家堡。有這樣的男人寵著，女人還有什麼不知足的？」

王小軍聽得感動不已，然後道：「他幹的這些事我也出力了！」

唐思思笑咪咪道：「謝謝。」

王小軍抖著手道：「這可奇了，明明幹的活兒一樣多，其中一個男人得到了老婆，另一個就只換來個『謝謝』。」

胡泰來微笑道：「武當山是咱們一起上的，為什麼覓覓一眼就看上了你而不是我？」

王小軍回憶往昔，忽然打了個激靈道：「她可不是一眼就看上了我，你不知道我倆見第一面的時候打得多慘烈！我差點就被她打到山下去了。」

陳覓覓臉色微紅道：「我見到你第一眼的時候就有點喜歡你了，你那會冒冒失失的，我覺得你好可愛……」

唐思思無語道：「覓覓的審美觀……不過可以理解，她每天面對的都是一本正經的老道們，難得有個嬉皮笑臉的同齡人，而且這個傢伙還跟她有婚約！」

王小軍對胡泰來道：「難怪覓覓沒看上你，你太板著了——誒思思，那你怎麼沒看上我呢？」

唐思思翻個白眼道：「我自幼生在唐門就夠不靠譜的了，再找一個更不靠

譜的老公嗎？」她看了一眼胡泰來，柔情無限道：「只有泰來最可靠了。」

天光微亮之後，胡泰來道：「咱們下一步怎麼辦，是在武當上小住幾天，還是今天就走？」

王小軍道患得患失道：「還是趕緊走吧，留在這，我總覺得有些人賊心不死，想讓覓覓當那個破掌門。」

陳覓覓笑道：「人家求之不得，就你棄如敝屣，這話讓我師兄聽到，他不得氣個半死。」

王小軍道：「所以趁現在清靜，咱這就動身吧。」

四個人略準備了一下正要下山，忽見周沖和立在晨霧之中道：「師叔，我來和你道個別。」他看了看王小軍，微笑道：「你大可放心，我不會再胡攪蠻纏的。」

王小軍在陳覓覓背上輕輕一拍道：「去吧。」

陳覓覓和周沖和走出幾步，這時才發現周沖和居然穿了一件白襯衫和一條牛仔褲，顯得身姿挺拔很是帥氣。她忍不住道：「從沒見你這麼穿過。」

周沖和默然片刻，爽朗道：「知道和師叔這一別，短時間怕是見不上了，所以想給你留個好印象。」

陳覓覓笑道：「你這麼打扮可愛多了。」

兩個人說了幾句都覺尷尬，竟不知該怎麼接下去了。

周沖和忽然道：「師叔，對不起。」

陳覓覓道：「你沒對不起我，倒是我該謝謝你，要沒有你的話，這個尼姑我怕是要當定了，其實你也不用這麼為難自己，不知我師兄他跟你談過沒有……武當派掌門並不一定要出家人才能當，有合適的姑娘……」

周沖和點頭道：「師父跟我說了，門派和教派分離很有必要，但還不是目前的當務之急，我想過了，我接手武當以後，還是要從派系之爭切入，這個問題不解決，武當派後患無窮。」

「哦，你打算怎麼辦？」陳覓覓頓時來了興趣。

周沖和道：「武當為什麼會有派系之爭？無非是因為大家頂著一個門派之名，但私下裡各自活動，我決定從今以後執行公共課堂制，所有派系的弟子上課吃飯都在一起，由公選出來的老師統一教授課業，這樣大家自幼有了感情基礎，派系的隔閡會逐漸淡漠。」

陳覓覓沉吟道：「有難度。」

周沖和道：「是有難度，不然也不會這麼多年都無法解決，但事情總要

有人去做。從另一個角度來說，這事也並不難，雖然大家派系不同，但成就高低一目瞭然，你拳法高明你就教授拳法，他輕功好他就來教輕功，只要能服眾，就誰也不會有意見。」

陳覓覓道：「除了個別路數，所有成就最高的人不就在我們這一支裡嗎？」

周沖和揮拳道：「沒錯，武當七子為什麼相對就團結得多？那是因為他們都是師祖親手教導出來的，我要做的，就是讓全武當的弟子都成為真正的一家人，只不過若干年後可能就再也沒有『黃金派系』這一說，自此武當掌門有德有能者居之，那就天下太平了。」

陳覓覓意外道：「沖和，想不到你有這樣的胸襟。」

周沖和不好意思道：「以前鬼迷了心竅，如今被師父和師叔罵清醒了，當然，也得謝謝王小軍那幾頓打。」

陳覓覓噗嗤一樂，由衷道：「加油，我相信你一定能成為一個好掌門。」

四人作別了周沖和正要走，忽見對面山頂上有人向這裡凝望，看身影正是淨禪子，陳覓覓不禁使勁揮了揮手。

在往山下走的時候，王小軍忽又道：「壞了！」

胡泰來無語道：「又怎麼了？」

陳覓覓道：「不定是又在出什麼么蛾子了，誰也別理他！」

王小軍急道：「這次是真的壞了，我忽然想起來了——上山的時候我把車扔在半道，連鑰匙都沒拔。」

「啊？」這回陳覓覓也急了。

王小軍攤手道：「當時我趕著去找你，哪還顧得上這些！」

他在原地繞了幾圈，根據記憶，車被他停在這附近了，可是此刻蹤影全無。

這時山後轉出一個人來，手裡拎著車鑰匙，陪笑道：「各位是在找這個嗎？」正是武當山保安隊長劉胖子。

王小軍先是鬆了口氣，接著又跳了起來：「怎麼光剩鑰匙了，車呢？」

劉胖子恭敬道：「我聽說了昨天山上的事，知道師叔祖很快就會下山，我在這裡等候各位一晚上了。」他伸手一指道：「車在那裡。」

眾人跟著他轉出山角，就見陳覓覓的富康停在一片空地上，這時已被擦洗得熠熠生輝，車裡的垃圾全都不見了，飲料和零食也整整齊齊地堆放在後座上，甚至還噴了淡淡的香水。

陳覓覓樂道：「幹得不錯嘛。」

劉胖子不矜不驕道：「謝師叔祖誇獎，這都是我應該做的。」

眾人上車，王小軍把手伸出窗外揮了揮道：「多謝啦。」

四人取道直奔鐵掌幫，一路上談笑風生，這一日不知不覺又回到了那熟悉的城市。

陳覓覓把車開到門口，王小軍率先跳下車，示意要去推門的胡泰來先別動，趴在門上豎起耳朵往裡聽著，就聽裡面有個老頭的聲音大聲道：「碰，胡了！」

王小軍這才推門而入道：「老哥幾個，這些日子你們玩得還開心嗎？」

鐵掌幫正廳裡，三個老頭和謝君君的牌局亙古不變地張羅開了。

張大爺見是他，樂呵呵道：「喲，這小子回來了。」

王小軍走到他們近前，小心翼翼道：「我爺爺和我爸都回來了吧，他們沒趕你們嗎？」

李大爺道：「趕我們做什麼，都是鄰里鄰居的，上哪兒找我們這麼靠譜的街坊給你們看房子？」

王小軍嘿然道：「說得在理——我們家那倆老頭呢？」

王大爺一揚手：「在後院下棋呢。」

「這倆老頭什麼時候添了這愛好了？」王小軍嘀咕著走進後院，見王東來和王靜湖果然二人面前一杯茶，正坐在屋簷下對弈。

只是他們手裡擺弄的棋子看著新鮮，是那種長方形的小木塊，看著像是軍棋，可又不配棋圖。

王靜湖拿起一個棋子把它下面翻上來拍在桌上，大聲道：「第十二式！」

王東來迫不及待地也從棋堆裡摸起一個棋子翻出來，喝道：「第三式。」

話音未落，王靜湖左掌迂迴擊向王東來肩頭，王東來則雙掌一錯將他的攻擊化解，二人用的正是鐵掌三十式裡的第十二式和第三式，隨後所用的變招也全是鐵掌的招式，不過這時是只比劃招式，全不用力道。原來倆老頭實在無聊，把鐵掌三十式刻在棋子上，隨機抽取，然後比劃試練，用以消磨時間。

王小軍看得又無奈又感慨，喊道：「爺爺，爸。」

倆老頭一起扭頭，驚喜道：「小軍回來了。」

王小軍蹲在桌前道：「你倆這是玩什麼呢？」

王東來把棋子一丟道：「你在武當山上的事我們都知道了，聽說你威風

大了。」

王小軍嘿嘿笑道：「武當山是個升級的好地方。」

王靜湖迫不及待道：「你和人動手用的是什麼武功？是鐵掌嗎？」

王小軍一愣，道：「不是……各種武功都有。」

王東來和王靜湖對視了一眼，神色都頗為黯然。

王小軍頓了頓道：「爺爺，爸，有件事我得跟你們實話實說，鐵掌的反噬已經應驗到了我身上，我現在的這一身功夫都是拼湊起來的，鐵掌的招式是一下也不能用了。」他問王靜湖道：「爸，你的情況怎麼樣？」

王靜湖道：「只要不用內力，幾天才發作一次，我還忍得了。」

王小軍憂心忡忡，他聽出王靜湖的反噬其實是加重了，一個武林高手不能使用內力，已形同廢人，就算這樣還是要發作，這就說明反噬就像跗骨之蛆，是跟定了王靜湖。

王東來衝王小軍招招手道：「小軍，你坐。」

王小軍莫名其妙地坐下來，王東來淡淡道：「我跟你爸商量過了，鐵掌你以後就不要再練了。」

王小軍吃驚道：「為什麼？」

王東來只吐出八個字：「逆天而行，徒勞無益。」

王小軍詫異道：「爺爺你以前可不是這麼說的。」

王東來道：「這些年來，我深知反噬之苦，我都沒能解決得了的問題，你就更不用想了。」

王小軍瞪大眼睛道：「爺爺，你失去內力之後，連膽氣也沒了？」

王東來直截了當道：「以前我覺得為了鐵掌幫，賭上孫子的命是值得的，現在我只是忽然反悔了而已。」

王小軍沮喪道：「你果然是沒膽氣了，以前有人這樣說你，你非得大巴掌抽他不可。」

王靜湖道：「憑你現在的武功，人們都服你，這不就行了嗎？」

王小軍道：「那鐵掌幫呢？就讓它名存實亡甚至是徹底消失嗎？」

王靜湖和王東來又對視了一眼，一起道：「我們已經不在乎了。」

·第八章·

自己人

張大爺點頭道：「外甥女婿果然身手了得。」

王靜湖怒道：「誰是你外甥女婿？」

李大爺無奈道：「都這時候了，就揀要緊的說吧——靜湖，我們是自己人，是來幫小軍的。」

王靜湖一愣道：「有什麼證據？」

這時胡泰來他們也進了後院，唐思思見那間正房還是離開時的樣子，不好意思道：「老爺子，王叔叔，我還是去外院住吧。」

王東來擺手道：「別折騰了，什麼時候你搬到姓胡的小子屋裡，我就能回去了。」

晚上的時候，仍舊是唐思思炒了幾個菜，眾人圍坐在一起說說笑笑。王東來忽然敲了敲桌子道：「我有話說。」

大家都看著他，王靜湖彆彆扭扭道：「爸……這會兒大夥都高興，還是改天再說吧。」

王東來不搭理他，橫掃了一眼桌上眾人道：「我有事要宣布——從今以後，鐵掌幫不再收徒，也不再以門派的名義參加任何武林聚會。」

唐思思吃驚道：「那……那……」

王東來道：「鐵掌幫三個字從此以後就要絕跡江湖了。」

王小軍起身道：「爺爺！」

王東來平靜道：「坐下，吃飯，這事你們遲早是要知道的，早說早了。」

眾人誰也想不到王東來在飯桌上宣布鐵掌幫解散，可想而知，這事之後，這飯吃得沉悶無比，大家也都累了，於是早早散場。

一連幾日無話，這天清晨，王小軍又被熟悉的聲音擾了清夢，那是胡泰來在前院練功的呼氣聲，王小軍這時內力深厚，一醒之後只覺精力充沛，索性來到前院，坐在臺階上看胡泰來練功。

不知什麼時候，陳覓覓也默默地坐在王小軍身邊，淡淡道：「在想什麼？」

王小軍苦笑道：「說來奇怪，以前最怕練功，現在想練也無從練起了。」

「為什麼？」

王小軍道：「我不知道該練什麼，也不知道我屬於什麼門派。」

陳覓覓一怔，只能寬慰他道：「江湖上門派興盛衰敗都是常事，爺爺和王叔叔不也看開了嗎？」

王小軍嘆氣道：「他們只是裝出來的而已，看著兩個加起來一百多歲的老頭強顏歡笑，我這心裡真不是滋味。」

陳覓覓默默地看著胡泰來練拳，半天之後忽道：「以我對你的瞭解，你是不可能就這麼放棄的，不知我猜對沒有？」

王小軍激動道：「還是你懂我！我是怕你們擔心，所以……」

陳覓覓直接問：「你有什麼進展了？」

王小軍壓低聲音道：「這幾天，我在沒人的地方把除了鐵掌之外，所有

我會的所有拳法掌法都打了一遍，終於有了一個重大發現——以前我們都懷疑鐵掌幫的內力裡有問題，但通過驗證，這個論斷很可能是錯的！」

陳覓覓吃驚道：「什麼？」

王小軍道：「我爺爺傳給我的內力已經在逐漸和我融為一體，不管我怎樣使用，它始終沒有發現出要反噬的樣子。」王小軍說完，又把內力喚出丹田在周身遊走了一遍，王東來的內力和他以前練出的內力已經完全融二為一，像隻溫順的大狗一樣任憑主人呼來喚去。

陳覓覓道：「所以你在懷疑招式本身？」

王小軍點了點頭：「既然內力沒問題，那就是招式的毛病了。」

陳覓覓不可置信道：「招式會有什麼毛病？」

王小軍道：「鐵掌幫的武功凌厲霸道，很多招式在練的時候都會有傷筋損骨之虞，初練的時候還不覺什麼，隨著內力深厚，每使用一次就是對身體的一次損害，就像一條水管，有了縫隙不去管它，積年累月下來，遲早有一天會崩裂！」

他低頭看著自己的一雙手掌道：「就像當初我練到鐵掌第一重境的時候，雙手都失去了知覺，這很可能就是一個預兆；到了爺爺把內力傳給我，

隱患終於爆發了出來。」

胡泰來道：「那你現在想怎麼做？」原來他不知不覺被王小軍的一番話吸引了過來。

王小軍道：「別看我鐵掌打得有模有樣，其實根基還淺，要想徹底弄明白根源所在，非得幫中頂尖高手的幫助不可！」

「幫中頂尖高手……」陳覓覓沉吟道：「那不就是爺爺和王叔叔了嗎？」

這時，就聽王東來的聲音道：「你這個顧慮，我們多年前就想到了。」

王小軍吃驚道：「爺爺？」

王東來和王靜湖自屏風後面繞出來，王東來沉聲道：「你的話我都聽見了，你的顧慮我們也已驗證過了。」

王小軍道：「你們怎麼驗證的？」

王靜湖道：「其實鐵掌幫幫史上有過記載，很多弟子或是限於天賦、或是因為犯了錯，在達到第一重境後就被師父革出門派，這些人無一不是活到了壽終正寢，沒一個受到過反噬。」

王小軍道：「這能說明什麼呢？」

王東來道：「這些弟子沒能得到鐵掌幫後面的內功修煉秘笈，反而一個

個長命百歲，說明反噬的關鍵就在內功上！」

王小軍擺手道：「不要盲目迷信。」

王東來嘆氣道：「小軍，你……」

王小軍攔住爺爺的話頭道：「你就讓我最後再拼一把，實在不行，我也就死心了。」

王東來無奈道：「你說吧，有什麼我們能幫你的？」

王小軍道：「我要你們好好回憶一下，鐵掌三十式裡哪一招威力太過強勁、太過霸道？」

王東來和王靜湖早對鐵掌三十式熟極而流，這時不用親自比劃，默默地想了一會後，王靜湖對王小軍道：「我只能說，每一招都是。」

王小軍道：「那有沒有個別招式，在練的時候就留下後遺症的呢？」

王東來道：「我明白你的意思，但我還是得說，也沒有。」

王小軍苦惱地抱著頭道：「內力也沒問題，招式也沒問題，那問題在哪兒呢？」

他冷不丁跳起來憑空擊出一掌，王東來大驚道：「小軍，不要！」

原來王小軍多日來苦思冥想得不到答案，這時竟和自己賭起氣來，他這

一掌是鐵掌三十式裡的一招，又用上了王東來的內力，就是要看看會不會受到反噬。

「內力和招式本來就是要搭配使用的，明明是天造地設的一雙，卻偏偏不能在一起，這算哪門子玩笑？」

王小軍跳到院子中間，接連打出十幾掌，嘴裡賭咒發誓地狂叫著，繼而神色一變道：「你們快走，放我一個人在這裡！」

王東來同時變色道：「壞了，小軍神智已失，不攔住他的話，他會力竭而死！」

陳覓覓大吃一驚，即刻伸手抓住了王小軍的胳膊，王小軍斜揮一掌把她的手打開，另一隻手掌高舉就要拍落，但他神色一閃，似乎最後的一絲清醒認出了這是陳覓覓，於是只是把她推了出去。

胡泰來雙臂張開猛地俯衝，想把王小軍攔腰抱住，王小軍反手一掌把他打了一溜跟頭。

王靜湖雙掌直擊王小軍小腹，王小軍眼神發直，但招式絲毫不亂，他單掌錯開王靜湖的攻擊，百忙之中又還了一掌，王靜湖用小臂招架，只覺一股洪荒之力攢來，那是王東來六十多年的內力！就這樣，兩人沒過三招，王靜

湖已被王小軍摔到了地上。

王東來喝道：「好啊，這小子只認老婆不認爹了！」

王小軍猛地扭過頭來，眼神既空洞又像是充滿了憤怒，他聽到這邊有人說話，便身形一閃撲了上來，王東來這會沒有半點內力，只能繞著一棵大樹躲閃，昔年讓人聞風喪膽的王東來如今被自己的孫子攆得無處可逃，那場景既詭異又可笑。

陳覓覓急道：「老爺子，上次武協大會的時候你也鬧過這麼一齣，咱們能不能也等小軍自己把力氣用光了慢慢恢復意識？」

王東來一邊跑一邊道：「我七十多歲了，內力再深畢竟精力有限，他才二十多歲，等他把力氣耗光，人也不行了！」

陳覓覓在一邊揮舞著胳膊，希望吸引王小軍的注意，惶急道：「那現在怎麼辦啊？」

王東來道：「為今之計，只有來一個能制住他的人控制住他。」

胡泰來掙扎著爬起來道：「去哪兒找這樣的人？」

王小軍這會神智不清，但招數精妙不失，再配上王東來的內力，就算淨禪子來了也未必有十足把握。

陳覓覓道：「除非是六大派掌門齊至——」

這時王小軍一掌將樹攔腰擊斷，眾人大驚，王東來喝道：「你們快跑，別管我了。」

其他人哪裡肯幹，都瘋了一樣撲向王小軍，接著不過三招兩式又被打飛出去。

王東來大聲道：「一群蠢貨，非得都跟我死在這不行嗎？」

正在不可開交的時刻，張王李三個老頭悠悠然地進了大門，一見院子裡這場面，張大爺嚇了一跳道：「這是怎麼了？」

王東來氣喘吁吁道：「三個老不死快跑吧，你們打牌不要命了？」

王小軍每一掌打出都呼嘯帶風，不管挨哪擦哪無不盡皆破碎，院子裡瞬間一片狼藉。

李大爺慢慢把保溫杯放在地上，凝神道：「鐵掌幫反噬的毛病這麼快就輪到王小軍了？」

「你說什麼？」王靜湖大驚失色，可想而知，從一個和自己比鄰住了幾十年的老街坊嘴裡說出這樣的話來他的驚訝程度。最可怕的是：他一直認為對方只是老街坊而已，人家卻對鐵掌幫瞭若指掌，何況這三個人是敵是友還

不明確。

王大爺瞇縫著眼道：「好像是該咱們幹活的時候了。」

王靜湖警惕道：「你們想幹什麼？」

他話音未落，三個老頭已經分別撲向王小軍，王靜湖雙掌分別掛向兩邊的李王二人，接著用掌風接住張大爺，一招之間盡顯威猛！

張王李三人各自還了一招，就此沒能靠近王小軍。張大爺點頭道：「外甥女婿果然身手了得。」

王靜湖怒道：「誰是你外甥女婿？」

李大爺無奈道：「都這時候了，就揀要緊的說吧——靜湖，我們是自己人，是來幫小軍的。」

王靜湖一愣道：「有什麼證據？」

王大爺道：「就王小軍現在這個爛攤子，我們不管他也會自生自滅，你以為我們飛蛾撲火是為了好玩嗎？」

王靜湖又是一愣，想想也對，這當口，三個老頭終於從三個方向分別貼近王小軍，王小軍以一敵三絲毫不落下風，但也未能讓對方減員，四個人劈哩啪啦一頓打，瞬間成了拉鋸戰之勢。

王東來和王靜湖對視了一眼，表情裡都是驚愕——原來他們震驚無比地發現，這三個老頭用的，正是鐵掌三十式的武功！

陳覓覓上前道：「王叔叔，這是怎麼回事？」她也看出這一點來了。

王靜湖只能緩緩地搖了搖頭，王東來看了片刻，忽然輕蔑一笑道：「三個老傢伙也不知從哪看了點鐵掌的皮毛，外表看上去像，其實只是似是而非，他們所能發揮的無非是鐵掌的二三成威力而已，之所以能僵持這麼半天，是因為他們之間配合得天衣無縫。」

王靜湖點頭道：「沒錯，看他們的功底，顯然練第一重境都沒達到。」

陳覓覓道：「可是這三個人內力都深不可測，他們原本的武功肯定不低，他們為什麼要捨近求遠偷學鐵掌呢？」

王東來不可置信道：「有三個外派高手多年潛伏在我鐵掌幫附近偷學武功，我居然一無所知？」他厲聲喝道：「你們到底是什麼人？」

張大爺高聲道：「我們不是壞人，你沒發現我們，那是因為你們鐵掌幫的男人老的老，小的小，我這麼說你滿意了嗎——你們再不上來幫忙，我們三個就要光榮退役了！」

王東來神情閃爍，揮手道：「不管他們有什麼陰謀，等這關過了再

說，就算這三個傢伙是賊，咱也不能在人家幫我們救火的時候看著他們被燒死。」

李大爺高呼道：「還是王老哥明事理啊，不過我們可不是賊。」

王靜湖和陳覓覓還有胡泰來振奮精神，馬上又加入了戰局。

張王李三個老頭雖然用是半生不熟的鐵掌，但自身功底極厚，這就牽引住了王小軍大半的攻擊，另外三個不停騷擾又替仨老頭分擔出不少壓力，六大高手拼了死力也只維持了個勉強不敗的局面。

唐思思從裡院走出來吃了一驚道：「大爺們居然會武功？」

張大爺連呼帶喘道：「這不是重點，重點是我們都快被打死了！」

胡泰來急忙道：「小軍走火入魔了，思思站在那別動，跟爺爺那次一樣！」

唐思思瞬間瞭然，身子往屏風上一貼，就當自己是幅畫。

王小軍聽到周邊有人說話似乎一愣，動作就此慢了半拍，張大爺冒死雙手攀住王小軍一隻手掌，嘶聲道：「咱們合力鎖住他！」

李王二人和他心意相通，一人瞬間攀上了王小軍另一條胳膊，一人就地一坐，雙手死命地抱住了王小軍的雙腿。王小軍勃然大怒，也不顧兩條胳膊

上各趴著一個老頭，就在空中揮舞起來。

眼看倆老頭就要被甩開，陳覓覓和胡泰來手疾眼快各自補上，王靜湖則乾脆跳到王小軍背上，六個人一起攀附在一個人身上，王小軍竟然還不倒下，王東來咬牙也即撲上，一邊招手道：「思思別愣著了，上！」唐思思二話不說也疊了上去。

這兩個人一加，王小軍只覺憋氣，於是更加劇烈地掙扎起來，身在外圍的人無不被他甩得飄來盪去，那情景就像是一個人穿了一件全是貂尾做成的大衣在狂風中起舞，只要有一個人抓不牢這件大衣，很可能馬上就此解散。

就在這時，從門口走進三個年輕女孩來，她們見了院子這場景也是一愣，藍毛笑道：「都多大人了還玩疊羅漢呢？」

陳靜見胡泰來臉色紫漲，連一句完整的話也說不出來，大聲道：「不是玩，快去幫忙！」

她和霹靂姐拉起手，從外面重新把圈子箍緊，藍毛這才意識到事態嚴重，也急忙擠了上去。

這十一個人堆在一人身上，一千多斤的分量足以壓垮一個大力士了，但王小軍內力深厚，他嘴裡喝喝有聲，雖然胳膊抬不起來，但雙腿還能小幅

度地跳動，於是就那麼在院子裡震顫著挪來挪去，形似一支開了震動模式的手機……

此時此刻，院子裡所有人都顧不上說話，十一羅漢要拼盡全力地摞住下面那個，而王小軍則怒髮衝冠地要甩脫上面的人，雙方力量平等，都在咬著牙憋著氣在等對方力竭，就那麼一會趺撞到東、一會踉蹌到西。以至於謝君君一進門就失聲叫道：「什麼鬼？」

張大爺聲嘶力竭道：「快來幫忙！」

謝君君卻只是站在原地，既不幫忙也不離開。

唐思思心一提道：「不好！」

眾人道：「怎麼了？」

唐思思道：「一般這種最後出場的人肯定都是有身分的，誰知道他是不是一直隱藏在小軍身邊的大反派，誰說只許三個老頭臥底半輩子沒被識破，不許理髮館老闆是某某殺手組織的老大什麼的？」

張大爺苦笑道：「要真是那樣就『借你吉言』了。」

那邊話音剛落，眾人就見謝君君的眼神果然變了，他的神色變得渺遠而神秘，似乎記憶把他帶到了很久以前，又充滿了憤怒——現在正是最好的報

仇機會！

下一秒，謝君君揮舞著雙臂撲了上去，他一邊捶打著堆在王小軍身上的人一邊嬌叱：「誰讓你們欺負小軍的？他可是幫過我不少忙，要不是剛才那個龐通找我談話，我都不知道他為了我還和黑社會打過架——」

張大爺道：「那你就別幫倒忙，幫我們按住他！」

謝君君一邊往下拽最外面的藍毛一邊道：「憑什麼？」

王靜湖喘息道：「小軍他走火入魔了……」

陳覓覓艱難道：「跟這種外行，還是說他魔怔了更容易解釋清楚。」

「癲癇！」陳靜急中生智道：「謝老闆，王小軍他抽瘋了。」

謝君君好奇道：「我還是頭次聽說他有這毛病——」他伸手在王小軍眼前晃了晃道：「小軍，能聽見我說話嗎？」

王小軍呲牙咧嘴地把頭往前一探，差點咬住他的手，謝君君這才打個寒顫道：「我能做什麼？」

陳靜道：「別讓他亂動！」

「哦，好！」謝君君往地上一坐，一把抱住了王小軍的大腿。

謝君君的出現終於成為壓垮駱駝的最後一根稻草，王小軍寸步難行愈發

焦躁，他胳膊雖然不能動，手指胡亂一抓剛好抓住了腳邊上謝君君的長髮。

「哎呀！」謝君君吃痛就要站起，王靜湖喝道：「不要動！」

謝君君一咬牙硬是紋絲沒動，就這樣，一個巨大的人球也不知僵持了多久，就聽球中間有人虛弱道：「大……大家都放手吧，我……我沒事了……」

陳覓覓驚喜道：「小軍？」

王小軍連咳帶喘道：「你們都趴我身上幹什麼？」

張大爺小心翼翼道：「你還記得剛才的事嗎？」

王小軍無奈道：「你們先下去再說行麼，我覺得我快不行了。」

李大爺求穩起見，問王東來：「你們的人在狂化以後不會再有智商騙人了吧？」

王小軍白眼一翻，直挺挺地喝道：「都給我起來，老子快被壓死了！」

眾人急忙各自散開，謝君君兀自坐在地上，這時抬頭看著王小軍討好道：「勞駕你也撒個手唄？」

原來王小軍手裡還像攥著救命稻草一樣抓著他的頭髮。

王小軍這才慢慢舒展開已經有點發僵的手指，他看了一眼眾人，納悶

道：「怎麼這麼多人？」

王東來扶著屋簷下一根柱子心有餘悸道：「要不是這麼多人還弄不住你呢！」

陳覓覓也臉色慘白道：「好險啊。」她急忙問王東來，「爺爺，這反噬找上門來，以後會不會不定時復發？」

王東來憂慮道：「那就要看他的造化了。」

唐思思道：「下次再發的時候，我們上哪湊這麼齊的人？」

王靜湖懊惱道：「小軍你這是何苦？」

王小軍這時就覺筋疲力盡渾身酸痛，他慢慢坐倒在臺階上，忽然好奇地打量了一下院子裡的人道：「就憑你們這些人就能制住我？」

王東來氣得跳腳道：「你好狂的口氣！」

王靜湖按住父親，嘆氣道：「他是有這麼狂的本錢。」他盯著張王李三個老頭，口氣一變道：「要沒有這三位前輩，今天咱們這非得屍橫遍野不可！」

王東來掃視著三個老頭，神色變幻道：「沒錯！」

王靜湖沉聲道：「爸，咱們是先解決外憂還是先解決內患？」

王東來衝三個老頭拱了拱手道：「老三位，剛才的事我王東來領情了，不過，你們是不是也該給鐵掌幫一個交代？」

張王李三人互相對視一眼，似乎一時不知該從哪說起。

就在這時，從門外大步走進來一個長髮披肩的女郎，徑直走到王小軍跟前蹲下身，抬手托起他的下巴笑盈盈道：「臭小子，有什麼想不開的，要拿自己的性命開玩笑？」

院子裡的人都呆住了！

這女郎高鼻梁櫻桃口，一雙妙目媚而不蕩，竟然是個極品的美人。看她的皮膚、聽她聲音，年紀似乎只有三十開外，縱使眼角的魚尾紋略深，最多不超過四十歲的樣子，院子裡的姑娘不少，而且個個顏值不低，但在這美女風采的感染下，竟都感覺到了危機。

陳覓覓見她和王小軍如此親暱，腳步不自覺地往前移了兩步，終究是沒有輕舉妄動。

王小軍看著這美女，開口道：「媽。」

院子裡所有的小一輩都瞠目結舌道：「媽？」

那美女嬌笑道：「我什麼時候多了這麼多兒女？」

胡泰來和唐思思相視一笑，他們現在終於知道王小軍油嘴滑舌的毛病是跟誰學的了。

陳覓覓強忍好奇，急忙上前道：「阿姨，我……」

那美女擺手道：「都別說話，我聽說小軍把老婆也帶回來了，讓我猜猜是哪一個。」

陳覓覓嬌羞道：「他是怎麼跟您說的呀？」

小軍的美女老媽把滿院的姑娘翻來覆去看了幾遍，忽然指著霹靂姐道：「是你吧，哈哈哈。」

滿院的人一起扶額，王小軍幽怨地看了老媽一眼喃喃道：「這下尷尬了……」

·第九章·

意外老媽

王小軍摟住老媽向眾人道：「這就是我媽，看我們長得像不？」

眾人都是暗暗點頭，別說，這對母子站在一起更像是一對姐弟，王小軍的鼻子、眼睛都像極了母親，這也是他雖然乍看長相普通，但還很耐看的主要原因。

小軍媽見了眾人的表情，道：「我居然猜錯了？那我重猜。」她馬上一指陳靜道：「那是你？」

陳覓覓再也受不了了，一個箭步走過去指著自己的鼻子道：「阿姨別猜了，是我！」

小軍媽卻不覺絲毫不好意思，她拉住陳覓覓上下端詳，最後嘖嘖道：「我們家小軍的老婆果然是最出挑的一個，剛才我一上來沒敢說，是怕認錯了丟人。」

王小軍生無可戀道：「媽，你現在就不覺得丟人了嗎？」

唐思思咬牙切齒地對王小軍低語：「你怎麼從沒跟我們說過你還有媽。」

王小軍攤手道：「我又不是孫悟空，當然有媽。」

胡泰來也局促道：「我們從沒聽你提起過，還以為……」

陳覓覓紅著臉道小聲道：「還以為阿姨已經不在人世了。」

王小軍大咧咧地摟住老媽的肩膀，面向眾人道：「正式介紹一下，這就是我媽，看我們母子倆長得像不？」

眾人都是暗暗點頭，別說，這對母子站在一起更像是一對姐弟，王小軍的鼻子、眼睛都像極了母親，這也是他雖然乍看長相普通，但還很耐看的主

要原因。

王靜湖沉著臉道：「芷凝，你怎麼來了？」

方芷凝挑釁道：「這是我兒子，這裡還是我的家，我為什麼不能回來？」

唐思思又忍不住嘀咕道：「合著你爸媽連婚都沒離啊？」

王小軍無奈地看了她一眼道：「感情不和，這麼多年就沒見他們和睦過，估計要不是為了我，早就離了。」

唐思思這會早就走了神，滿臉暢想道：「英雄果然還是愛美人的，想不到王叔叔看著木頭一樣，其實嘻嘻嘻……」

方芷凝面向王東來道：「爸，聽說你的身體不大好了？」

王東來道：「身體還好，就是武功廢了，我這個兒子不會說話，你不要和他計較。」

方芷凝道：「計較不計較也這麼多年了——」她忽道：「我還沒有給你們介紹我三個舅舅吧？」她依次指著張王李三個老頭道：「這三位就是了。」

王靜湖又道：「我跟你結婚的時候，你都沒說過你還有三個舅舅。」

方芷凝哼了一聲道：「聖手幫三大長老給你當舅舅也不辱沒你。」

王東來點頭道：「原來如此，那就難怪了。」

陳覓覓拽著王小軍袖口低聲道：「小軍，這是怎麼回事，怎麼我聽著這麼暈啊？」

王小軍也一頭霧水道：「我哪知道啊，我是頭次聽我媽嘴裡說出幫啊派啊的，她從小跟我說她是個會計。」

王靜湖淡淡道：「咱們的兒子跟以前不一樣了，你的身分不用再隱瞞他了吧？」

王小軍趕緊擺手：「我要是你們撿的，就不用告訴我了，給彼此留點美好印象吧。」

王靜湖被他氣得哭笑不得，罵道：「混帳話！」接著正色道：「你媽的父親，也就是你的外公，是聖手幫的掌門，聖手幫在武林裡由來已久，近代逐漸淡出江湖，基本上都是些灑脫不羈的好漢組成，日本人侵略中國的時候就遭到聖手幫多次阻擊，但聖手幫也就此元氣大傷。」

胡泰來肅然起敬道：「原來都是抗日英雄。」

王小軍此刻才知道自己的親媽竟也是赫赫有名的江湖兒女，好在這些日子大風大浪也見識過了，尚能堅持一會兒。

方芷凝對王靜湖道：「你繼續說。」

王靜湖道：「你外公臨終前考慮到聖手幫裡多是桀驁不馴的人物，乾脆下令解散了聖手幫……」

方芷凝撇嘴道：「別說那麼好聽，我爸那是因為我嫁給了你，擔心聖手幫名聲不好，讓你們鐵掌幫瞧不上我，這才讓一幫老夥計散夥了的，不然這些年，怎麼可能會讓神盜門那幫小孩子混得風生水起？」

王小軍衝陳覓覓吐了吐舌頭，聽這意思，聖手幫以前和神盜門還存在競爭關係。

王靜湖默然片刻道：「這點我承認。」

霹靂姐忍不住道：「叔叔阿姨都是同道中人，看樣子感情也很好，怎麼……怎麼……」

「怎麼過不到一起是吧？」方芷凝瞪了王靜湖一眼道：「你去問他吧。」

王靜湖不悅道：「自你過門以來，我並沒有做什麼對不起你的事。」

方芷凝譏諷道：「你還想怎麼對不起我？以前追人家的時候，把所有甜言蜜語都說了，可是結婚以後呢，一天廿四小時最多和我說幾句話，然後就是沒完沒了練你的功！我又不是嬌滴滴的大小姐，也不是專門纏人的狐狸精，為了和你多待一會，我求你把鐵掌的功夫教給我你也不肯，你說你存的

是什麼心？」

王靜湖感慨道：「芷凝，鐵掌幫武功裡存在著嚴重的反噬，你不是知道了嗎？」

方芷凝皺眉道：「沒錯，這就是問題的關鍵！你一心研究怎麼克制反噬，什麼都顧不上了，我勸你放棄你也不聽，我讓你教我，我和你一起參詳你也不許。」

王小軍小聲對陳覓覓道：「我想起來了，我十來歲那會我爸媽老吵架，可是一見我就馬上打住，現在想來，他們那會兒就糾紛已久了，後來兩人就一直這樣分分合合的，我都以為這兩人外面都分別有人了。」

陳覓覓：「……」

王靜湖道：「我怎麼可能讓一個女人和我一起擔這樣的風險，如果我們都遭遇不測……」

方芷凝指著王靜湖對王東來道：「爸，你看，他就是這樣，自以為是，瞧不起女人，大男人主義！」

藍毛小聲道：「阿姨，現在有個新詞叫直男癌。」

方芷凝馬上從善如流：「對，直男癌！」

王東來頭大如斗，使勁按了按手道：「芷凝，你先冷靜一下，能不能把這三位老兄什麼情況先跟我說明白了，聖手幫三位長老我也是久仰其名，想不到在我鐵掌幫邊上住了十幾年——我現在想想，三位確實不是本地土著，是小軍五歲那年才逐漸搬到附近的吧？」

張大爺鄭重道：「東來兄，我們素來仰慕鐵掌幫，絕不敢對貴幫上下任何人有惡意。」

方芷凝道：「他們當然沒有惡意，因為他們是我請來一起對付鐵掌功夫反噬的！」

王靜湖道：「胡鬧，他們能幫什麼忙？」

方芷凝道：「你不讓我摻和我就非摻和，你不教我鐵掌，我就自己想辦法！」

王靜湖道：「你想什麼辦法？」

王小軍和陳覓覓相視無語，異口同聲道：「楚中石是你請的？」

方芷凝點頭道：「對啊，我請的。」

王小軍攤手道：「我就覺得蹊蹺！」他痛心疾首道：「媽，你寧願花錢請小偷偷你兒子，也不直接跟我要啊。」

陳覓覓道：「你還看不出來嗎？阿姨是在跟叔叔賭氣。」

可以說王小軍滿腦子問號這時候才得到了解答——從一開始他就不太相信是綿月要偷鐵掌幫的秘笈，尤其楚中石的目標只是一些掌譜圖，越是綿月這樣的高手，越知道圖譜代表不了什麼，沒有本派師長的親自指點、再配合本派內力，光有招式樣子只能是管中窺豹。也只有方芷凝這樣的半吊子才會異想天開地幹出這種事情。

王東來複雜地看著方芷凝道：「你了不起，你有辦法，那你告訴我，你煞費苦心之後，可發現什麼能克制反噬的辦法了嗎？」

王小軍終於也把目光集中到母親身上。方芷凝是半吊子，可張王李三個老頭不是！從王東來的口氣中就能知道，這三人早年間也是叱吒江湖的狠角色，從他們深厚的內功上更能驗證這一點。

果然，方芷凝得意洋洋道：「我記得很多年前爸和你無意中說過，之所以會出現反噬，不外乎兩種可能，不是內功就是招式上存在缺陷，內功我弄不來，就在招式上想辦法，如果真能發現問題，豈不是替你們鐵掌幫省了一半時間？」

王東來不動神色道：「說說你的辦法。」

方芷凝一指張王李三個老頭道：「這三位以前的身分我不便公開，但大家請相信，他們都是江湖上拔尖的人物。」

王東來道：「這點我知道。」

「所以我請他們幫我一個忙，我把平時耳濡目染學來的鐵掌招式都教給他們，讓他們各自以自己的內功配合鐵掌修煉，如果招數本身有問題，在他們深厚內力的催動下一定也會顯露出缺陷。」

眾人情不自禁地點頭，方芷凝這個辦法確實直指要害，能短時間驗證出結論。就像一套健身動作，你讓三四歲的小孩天天練習，很難看出它到底符不符合人體訓練科學，但讓年輕力壯的年輕人卯足了勁練上三個月半年，就很能看出成果或是不足了。

王小軍喉結上下湧動，眼巴巴道：「媽，然後呢？」

張大爺道：「然後好幾年過去了，我們誰也沒有出事。可是我們不死心，鐵掌幫反噬也不是三年五年就會凸顯的。」

李大爺道：「而且我們懷疑芷凝教給我們的掌法不對，所以我們決定親自到鐵掌幫臥底——其實王老幫主說得不準確，在正式搬到這裡之前，我們還在離這裡更遠的地方住過幾年，為的就是熟悉本地的風土和語言，好到時

候不被你們看出是別有用心，到和鐵掌幫成為鄰居，那時我們還不能進來打牌，只能是偶爾假作串門，看上一兩招。」

眾人聽得哭笑不得，偷看別派練功已是江湖大忌，更何況臥底偷藝了，不過大家也都看出這三位以前誰也不是什麼循規蹈矩的善男信女，難為他們為了達到目的，如此精心策劃，小心執行，倒也沒人說什麼。

王大爺侃侃而談道：「結果這麼多年學下來，我們老哥三個越學越覺得這三十招鐵掌滋味無窮，現在反倒是真捨不得走了。」

王小軍道：「結論，你們還沒給我結論！」

張大爺道：「結論就是招式沒毛病，我們練了二十年，用的是三種不同風格的內功，最終都沒有受到絲毫的反噬。」

李大爺道：「而且我們都徹底服了，雖然偷學皮毛最多只能發揮鐵掌的二三成威力，但是夠了，光是這些，就比我們以前學過的所有武功都給力。」

王大爺一錘定音道：「所以最後結論就是：鐵掌幫反噬的根源不可能在招式裡，這是我們三個用了二十年年驗證過的。」

王小軍失魂落魄道：「你們用了二十年就得出這麼個結論？」

方芷凝不解道：「看樣子你不太滿意？」

王小軍搖頭道：「滿不滿意都是結論，我相信三個……三位舅姥爺。畢竟這是他們用二十年給我去掉了一個錯誤選項。」

陳覓覓訥訥道：「可是另一個選項也被證明未必是該選的。」

方芷凝無語道：「難道內功方面也有了類似的結果？」

陳覓覓黯然地點了點頭。

方芷凝不禁道：「如果都沒問題，那豈不是說明招式和內功如此搭配，本身就是一個錯誤？」

唐思思嚇了一跳道：「阿姨別這麼說，小心小軍又發瘋。」

方芷凝忽然氣不打一處來道：「是誰讓小軍練鐵掌的，不是說好了不教他武功的嗎？」

唐思思唉聲嘆氣道：「這事一言難盡，不過罪魁禍首好像是我大哥……」

王小軍打斷她道：「是我自己要學的，跟別人沒關係。」他環視眾人道：「你們不用為我擔心了，如果真的天意如此的話，我也不會再勉強了——我決定徹底放棄我的想法，不再同時使用鐵掌和內功。」

王東來緩緩地點點頭，是釋懷，卻不是欣慰。他沉聲道：「三位老兄為了我們鐵掌幫也算費盡了苦心，這一聲謝我還是要道的。」

這話說得沒有任何情緒，說是道謝也行，說是嘲諷也可以，老頭終究是對張王李三人的行徑頗為不滿，但畢竟這裡面的牽頭人是自己的兒媳婦，他也無法再追究什麼。

張大爺一笑道：「王幫主不用把我們看得這麼無私，芷凝雖是前幫主的女兒，可她在我們這裡能有幾分面子？我們之所以肯來，主要還是為了揚名立萬，破解鐵掌幫自古以來的難題，我想對所有武林人都是一個誘惑吧。」

王東來幸災樂禍道：「害得三位白花了二十年時間耗在這裡真是抱歉。」

李大爺道：「一開始我們三個確實是抱著功利心來的，但是漸漸被鐵掌吸引，再後來發現就這麼過正常人的日子也挺好，於是就這麼糊裡糊塗地過來了。」

王大爺道：「在哪裡養老都不如這好，不然我們三個說不定早就橫死他鄉了。」

眾人說話之餘，有一個人始終坐在臺階上一臉懵逼地抬頭看著他們，這時慢慢站起，惴惴道：「那個……你們說的我都沒聽見，請問我現在能走了嗎？」

正是理髮館老闆謝君君。

方芷凝詫異道：「這位又是哪門哪派的？」

王小軍好笑道：「他之所以這麼說，就是因為他不是哪門哪派的。」王小軍低聲道：「他以為自己捲入黑幫內鬥了。」

果然，謝君君邊低頭往外猛走邊捂著眼睛道：「出了這個門，這裡的人我一個也不認識。」

張大爺攔住他道：「打了這麼多年牌，這就不認識啦？」

謝君君又是嘆氣又是跺腳道：「我以前又不知道你們這是門派恩怨，我來這裡，真的是因為喜歡打牌而已。」

霹靂姐失望道：「還以為你是高手呢，原來真的只是個理髮的。」

王小軍道：「好了，大家別逗我們謝老闆了。」他對謝君君道：「老謝，你不用把我們想太複雜，你就把我們也看成一群手藝人，只不過現在有家店的理髮師集體出了問題，老是幫客人剪頭髮的時候把人眉毛也剃了，大家正在替他們想辦法。」

謝君君愕然道：「只要是受過系統訓練的，哪有這樣的理髮師？」

王小軍嘿然道：「從祖師爺那就沒打好底，沒辦法。」

謝君君跟著嘆氣道：「這樣的話只有最後一條路了——以後只給人燙頭。」

王小軍道：「誒，剪髮的活兒我本來也不打算接了。」

謝君君道：「其實……我說句真心話，要真有這種情況，為了這個行業好，你還是改賣油條吧。」

藍毛喝道：「說什麼呢？」

王小軍苦笑道：「謝老闆說的也未嘗不是個辦法——剛才還要多謝你的救命之恩。」

謝君君摸著自己那頭烏黑亮麗的長髮，嘿嘿一笑道：「下次再有人說我這是假髮，你可得出來替我作證。」

王小軍道：「你以後還會來打牌的吧？」

謝君君下意識地看看張王李三個大爺，張大爺攤手道：「反正我們以後還會來。」

謝君君道：「那我不來，豈不是成了三缺一？」

藍毛小聲道：「這人牌癮是有多大啊！」

李大爺衝王東來抱拳道：「只是沒能幫到貴幫，我們哥仨抱歉得很。」

王東來拱手還禮道：「同是天涯淪落人，今後大家還是好鄰居，就當這是一場江湖夢，把以前的事情都忘了吧。」

王大爺道：「這樣最好，我們也算徹底告別江湖，正經在你這養老了。」

張大爺忽然一笑道：「這些年的牌打下來，我倒也不能說徒勞無功，我一共贏了五百四十萬，算小有斬獲吧。」

謝君君吃驚道：「哪有那麼多，每個月最多不就幾百一千塊的回合？」

李大爺撇嘴道：「那是和你的演算法，我們要在籌碼後面加幾個零，每月一結算，這老傢伙好像是贏了我們一些。」

眾人都咋舌：老張這些年贏了五百多萬，老李和老王還懵然無知，顯然仨老頭的身家都不是千萬級能打住的……

謝君君一驚一乍道：「那我以後可不來了！」

張大爺道：「你往後退什麼，平時就你贏得最多，要按我們的演算法，你早就是千萬富翁了。」

謝君君仍舊搖頭道：「那我也不來，除非還按以前那麼算。」

眾人都詫異道：「為什麼呀？」

大家也都看出來了，三個老頭牌技應該都差不多，而謝君君年輕腦子快，贏率可說很高，誰也想不通他為什麼放棄這麼好的賺錢機會。

謝君君道：「我有自己的店，每月有幾萬塊的入帳就知足了，我打牌就

為了放鬆，要是太過操心，不是比幹活還累？贏了固然也不是那個味兒了，輸了更是要後悔到撞牆，那還有什麼意思？」

張王李三個老頭均是一愣，一起道：「那聽你的，還按以前那麼算。」

王東來感慨道：「這四位都是高人，謝老闆最高！」

晚飯的時候，因為多了一個人，大家都覺得既新奇又有趣。方芷凝和幾個年輕人很談得來，尤其是對陳覓覓特別「諂媚」，殷勤地給未來的兒媳婦夾菜，要不是陳覓覓掌握了極高深的太極功夫，幾乎應付不來那被疊得幾乎和頭一般高的碗。

只是方芷凝對王靜湖很是冷淡，兩個人你瞅我一下，我白你一眼，誰也不搭理誰。自始至終，誰也沒有再提鐵掌幫反噬和王小軍練功的事。

晚飯過後，方芷凝馬上宣布要和陳覓覓一起睡，早早鑽進房間，再也沒出來。

掌燈時分，別人各自回屋，王小軍和陳覓覓坐在臺階上，王小軍攬著陳覓覓的肩頭，問她：「有個這樣的婆婆感覺怎麼樣？」

陳覓覓一笑道：「壓力很大，幸虧我不愛熬夜，也沒有不好的習慣，不

然再過幾年，肯定會比阿姨顯老。」

王小軍跟著笑了一聲，眼神卻有些鬱鬱。

陳覓覓靜默地望著空院子發了一會兒呆，忽然道：「其實阿姨很愛王叔叔，這些年她做的這些事，看似是為了證明自己的能力，主要還是擔心丈夫受的反噬之苦；當然，還有你。而王叔叔不讓阿姨摻和進來，怕的是什麼，也不言而喻了。」

王小軍嘿然道：「你不用給我當心理醫生，這些我看得出來，他們吵歸吵鬧歸鬧，可我感覺得到他們彼此的關心，他們都太驕傲了，所以誰也不肯先認輸。」

陳覓覓點頭道：「你明白就好。」她頓了頓道：「小軍，如果我也阻止你繼續研究克制鐵掌反噬之法的話，你會不會和我生分？」

王小軍直截了當道：「不會，因為我真的已經打算放棄了。」

「真的嗎？」

王小軍道：「今天我發作時候的事，我已經沒有半點記憶了，越是這樣，我越知道這裡面的凶險，要是有人因為我受傷，我會後悔一輩子的。」

陳覓覓道：「你是因為這一點才放棄的吧？」

王小軍點頭道：「是的。」

陳覓覓動容道：「小軍，有時候放棄比堅持更難，也更需要勇氣。」

王小軍嘿嘿一笑道：「知道嗎，你今天說話有一個特點。」

陳覓覓好奇道：「什麼特點。」

「你安慰人的話，都好老派啊。」

果然，從那天起，王小軍再也沒有練過功，大家倒是經常見他發呆；不發呆的時候，就見他非常活絡地打電話跟華濤、金刀王等人聊天，有時候也跟峨眉四姐妹敘敘舊，問詢一下明年的武協大會準備工作什麼的。

唐思思跟胡泰來嘀咕：「想不到小軍這麼快就融入了武協主席的身分，才幾天沒見就找老部下噓寒問暖了。」

胡泰來擔憂道：「我看他是快悶出病來了。」

這一天，王靜湖釣魚回來，正碰見王小軍在院裡悠然地打著太極拳，王靜湖點頭道：「嗯，練這個好。」

王小軍忽然招招手道：「爸，我問你個事兒。」

「什麼事？」

王小軍道：「別人家雖然也都是先打底再正式練功，不過據我所知，別

人家在練本派最精妙的招式之前，都是先練基礎內功，鐵掌幫就沒有入門級的內功嗎？」

王靜湖瞪了他一眼道：「你又不是沒經歷過，難道忘了鐵掌幫的第一重境就是要打夠二十七萬掌嗎？這一步過後，內力自生，鐵掌幫為什麼極易上手又威力奇大？就是因為要先突破人體的極限，由此自動產生出內力，然後再加以鞏固和增長，所以基礎內功這種東西，我們是沒有的。」

王小軍點點頭，背著手走了。

又過了幾天，王小軍拿著手機找到王東來道：「爺爺，以你的內力，能達到幾重境？」

王東來傲然道：「那還用說，當然是最高的第七重境。」

王小軍指著手機上的圖道：「那你告訴我，中間那張磁碟上的內容是什麼。」

他照著王東來留下的十張磁碟修煉內功，起著承先啟後的第六張磁碟卻因為消磁而看不成了，王小軍此刻身上的內力都是不勞而獲所得，數量上的累加並不能讓他突破第七重境，只能是知其然而不知其所以然，所以他並沒有親自一步步體驗過層層進階的經歷。

王東來意興索然道：「你問這個幹什麼，自你以後，再也不會有人練這門功夫了，你練到再高深又有什麼用？」

王小軍笑嘻嘻道：「站好最後一班崗嘛。」

王東來無奈道：「你有什麼不明白的？」

王小軍指著手機螢幕道：「我只知道缺失的第六幅圖作用就是練成以後可以讓人的內力倒流，這個我勉強做到了，可是第七幅圖上的內容卻是一下也看不懂，自然也就不知道練成以後有什麼效果。」

王東來掃了一眼那圖便道：「練完這張圖，你全身經脈末梢都會生成虛擬經脈，從此以後，內力在全身遊走無往不利，更有甚者，能達到千手千腳的功效。」

王小軍道：「明白了，以前只能靠雙掌打人，練成以後全身奇經八脈都是武器，每一根汗毛都能變成利劍。」

王東來道：「差不多吧。」

「那得練多久？」

王東來淡然道：「你爸不算笨，練了二十年。」

王小軍嚇了一跳道：「我哪有那麼多時間？」

王東來看了他一眼道：「你年紀輕輕的怎麼沒時間了，況且我的內力都給了你，只要你夠聰明，自然也不需要那麼久。有的人一點就透，有的人一輩子也沒希望，這就要看你真正的天賦了。」

王小軍目光逐漸深邃起來，沉聲道：「爺爺，我問最後一個問題，是就是，不是就不是，你一定要如實回答我。」

王東來一凜，道：「你說吧。」

「練到你說的這個程度，是不是夏天就不怕蚊子了？」

王東來：「……」

於是接下來的幾天裡，大家又看到王小軍經常地盤腿坐在地上，煞有介事地練起了內功。

王靜湖看著兒子，憂心地對王東來道：「爸，你看這孩子是不是魔怔了？」

王東來嘆了口氣道：「鐵掌幫就這麼沒了，小軍心裡比我們難受，可這孩子從小就是這樣，別看臉上嘻嘻哈哈的，真正的心事都憋在心裡，從不跟人說。」

方芷凝也跟著嘆氣道：「都是我這當媽的不好，兒子想什麼都不知道。」

說到這兒，他們三個的目光都慢慢轉移到陳覓覓身上，陳覓覓臉沒來由地一紅道：「他這麼勤奮，怕是跟一個人有關係。」

王東來道：「你是說綿月？」

陳覓覓道：「是的，他一直都在惦記著跟綿月一戰。」

胡泰來道：「每次小軍這麼刻苦的時候，就說明他沒有戰勝對方的把握。」

唐思思道：「可他以前不都贏了嗎？」

王東來沉聲道：「這次怕是沒那麼幸運了，綿月確實是武林中百年難得一遇的天才，說實話，就算沒有反噬，我也沒必勝他的把握。」

大家均默然。

就在這時，王小軍猛然睜開眼睛，繼而往屋頂躍去，就見他身體笨拙，但以極其不符萬有引力定律的姿態緩慢地升空向上爬升，在兩米多的地方終於掉了下來。

王小軍毫不氣餒，調整姿勢再次躍起，這一次，他總算又蹦高了不少，最後搖搖晃晃地踩在了屋簷邊上。

唐思思捂嘴道：「小軍終於學會輕功了。」

王東來神色複雜道：「這說明他參透了我給他的第七張磁碟，就算有我的內力做底子，我本來以為他要達到這一步，怎麼也得一年以後了。」

王東來道：「越是這麼拼，越是說明他心裡壓力很大，我怕他終有一天還是要出事。」

王小軍一反常態地沒有得瑟，而是木著臉又反覆上上下下地蹦了幾次，不斷總結經驗教訓、改進問題，其認真程度看著甚至有點嚇人。

胡泰來喃喃道：「本來是個野路子，現在怎麼看著有點像學院派了？」

唐思思一驚一乍道：「他不會變成那種心懷天下、心繫武林，最後一事無成終於變態的所謂大俠吧？」

陳覓覓訥訥道：「不會吧，你說的這還是小軍嗎？」但擔憂之情溢於言表。

王小軍最後一次拔地而起穩穩落在屋頂，身段俐落已頗有了幾分靈敏，他驀然回首，面無表情地俯視著眾人，眾人也都各懷心事地仰視著他。

「媽的，終於練成了！」王小軍狠狠揮了一拳，然後就見他衝陳覓覓叫道：「來呀，來抓我啊，抓到了就讓你——嘿嘿嘿。」

「噗——」眾人盡皆噴血。唐思思使勁推著陳覓覓道：「你還不趕快去

教訓他？」

陳覓覓漲紅了臉卻是一動不動。有句話她十分清楚卻又不能當眾說——以她對王小軍的瞭解，這會她要真追上去，王小軍是死也不會跑的。

轉眼進了臘月，隨著年味越來越濃，人們的心似乎也跟著飄忽起來，只有謝君君的理髮館迎來了高峰期，謝老闆就此也不能天天再來打牌了。

這天，王宏祿帶著小李來到了鐵掌幫的大門前。時隔半年，兩人又一次來到這裡，身分和心情卻都已經變了，所以有些唏噓，也有些感慨。

小李敲了敲門，門上「鐵掌幫」的牌子已經不見了。

一個高鼻梁、單眼皮的年輕人把門拉開一條縫，從裡面探出頭來道：「兩位警官，這次找誰？」

王宏祿一笑道：「這次找你。」

王小軍打開門道：「又有人往車上按手印了？我可事先聲明，我們鐵掌幫已經解散了。」

小李道：「這次可沒那麼簡單了。」

王小軍把兩人讓進來道：「怎麼了？」

王宏祿亮了亮手上的ＤＶ道：「先給你看段視頻。」

視頻一開始就給人很大的壓力——足足有十多輛特警車在夜色中悄無聲息地快速向目的地進發，拍攝者應該是其中的一員，全程只有和隊友極其簡短的交流，十多輛車殺氣騰騰地圍繞一幢已經廢棄的舊樓停下。

特警們拉下頭盔上的夜視儀，迅捷而靜默地分隊進入大樓，最終在四樓一個房間前會合，樓道、樓梯口處全都是特警，門口兩名戰士無聲地打著作戰手語，緊接著破門，兩枚閃光彈被丟入，瞬間在裡面迸發出流光溢彩的爆閃，隊員們快速衝入，裡面不斷發出沉悶的格鬥聲和有人倒地的聲音，很快，一個個頭矮小的老者微閉雙目，微抬著頭從裡面衝了出來。

王小軍意外道：「余巴川？」

胡泰來等人聞聲也都趕來圍觀。

余巴川顯然是被閃光彈閃得不輕，但他沒有倉惶而逃，而是像頭暴躁的猛虎一般衝下樓道，掌切、腳踢，每一招就讓一個特警倒地，戰士們擠在一起，衝鋒槍無法開火，有人想和他展開近身格鬥，但這正中余巴川下懷，他聽音辨形，一路衝下無人能敵，畫面上掌影一閃，拍攝者倒地，畫面停頓在一個樓梯的特寫上，喊殺聲由近及遠，自始至終沒有槍聲響起。

王宏祿啪地合上ＤＶ道：「就到這，我們傷了十六人，余巴川跑了。」

王小軍和陳覓覓面面相覷，實在不知該說什麼，最終他問：「你們是怎麼找到他的？」

王宏祿道：「我們跟蹤了一個叫圓通的和尚，他在給他們送飯。」

王小軍嘆氣道：「余巴川雖然是個人渣，但他也確實稱得上一流高手，你們本該小心些的。」

王宏祿道：「本來如果由我們民武部處理的話，可能不會出現這種後果，現在這件事讓警方很困惑，也讓上面很惱火，吳老總擔心余巴川現象會給武林帶來很壞的影響。」

陳覓覓道：「怎麼說？」

王宏祿道：「誰都知道對付余巴川這種格鬥大師，最好的辦法就是放棄抓捕念頭，直接開槍，可如果真這麼做了，並且形成慣例——」王宏祿小心地措著詞。

小李接口道：「那以後別的武林朋友萬一犯點什麼事，就算是和鄰居糾紛，也將面對比別人更加嚴厲的對待。」

王小軍道：「我明白了，這就是一顆老鼠屎壞了一鍋粥——我能做什麼？」

王宏祿道：「你是武協主席，吳老總的意思是要先和你打好招呼，武林的朋友們消息靈通，他希望你聽到什麼動向，請一定要通知他。」

王小軍道：「知道了。」

王宏祿道：「另外還有一件事就是，有個人想見你。」

「誰？」

「跟我來。」

王宏祿示意旁人暫時避嫌，領著王小軍來到他們開來的車前，可以看到車後座有個人戴著手銬，被兩名員警看守著。

王小軍坐進副駕駛，回頭道：「誰想見我？」

那人一抬頭，臉頰上有個觸目驚心的傷疤，王小軍意外道：「孫立？」

這人正是後來又參與了銀行劫案的孫立，他在劫持金信石時被唐思思暗器所傷，不過後來在地下車庫時一直蒙著臉，所以這個傷疤王小軍現在才看見。

孫立在王小軍一上車就迫不及待道：「我要你替我證明我的清白！」

王小軍好笑道：「你的清白？你是想說刺殺雷登爾、綁架金信石、搶劫鑽石這些都不是你做的？」

孫立盯著他一字一句道：「前兩件事是我做的我認，但搶劫鑽石的事我

沒參與。」

王小軍打量著他的臉部線條道：「可是那天那人明明就是你，雖然你戴了面罩，我還是一眼就能認出來。」

孫立咳嗽連連道：「綿月叫人扮了我的樣子，然後再戴個面罩，這有何難？」

王小軍想想，這對千面人來說確實不是什麼難事，於是問：「他為什麼這麼做？」

「當然是為了栽贓給我，那天要不是你臨時撞進他們網裡代替了我，那個『扮演』我的人的面罩就會被扯掉，把這口黑鍋踏踏實實地扣在我頭上。」

王小軍道：「你們不是一夥的嗎？」

孫立道：「金信石那件事敗露後，我對他們就失去了利用價值，余巴川曾想出手除掉我，那樣的話，他們再頂著我的名號做什麼就死無對證了，可惜他沒想到我沒那麼容易死！」

孫立咧開嘴桀桀怪笑，露出了滿口的血沫子。

王小軍道：「你受傷了？」

孫立繼續怪笑道：「能從余巴川手裡逃出來，我不覺得丟人。」

「所以你才被警方抓住了？」

孫立道：「我是自首的。」邊上兩個員警微微點頭。

王小軍愕然道：「早知今日，何必當初？」

孫立道：「從小玩警察抓小偷，只要別的小朋友給我足夠的糖果，我從不介意當小偷。」

王小軍點頭道：「明白，他們許給了你很多好處——可你現在的所作所為又是圖什麼呢？」

第十章

戰鬥才剛剛開始

當大家都以為戰鬥會瞬間結束的時候，戰鬥才剛剛開始！王小軍正在出招！鐵掌第一式第二式！第四式之後緊隨第七式！然後重複第一式！王小軍就像一個孩子找到了失蹤已久的木刀，似乎要彌補回流失的這段時光。

孫立冷冷道：「有一種人，他們可以殺人放火，但絕不能被人憑白利用，否則就不惜魚死網破。我的仇我自己報不了了，只能靠你，我知道你也有一筆帳要和余巴川算，只要你答應幫我，我也幫你。」

王小軍攤手：「我能做什麼？」

孫立冷不丁道：「我知道余巴川現在在哪兒。」

他身邊的兩個員警頓時警覺起來，孫立說到這，忽然仰天發出一聲長嘯，尖利的聲音如實質的凶器侵害一般刺骨，兩個員警都面露痛苦之色，同時捂住了耳朵。

孫立趁機對王小軍說了一句話，然後安之若素地靠在座位上，平靜地看著兩個員警把槍頂在他的腦門。

王宏祿和小李飛快地打開車門，大喝道：「怎麼了？」

兩個員警還有些發懵，孫立吐了一口血道：「記住我說的話，和你答應我的事。」

王宏祿急忙問王小軍：「他跟你說什麼了？」

王小軍下了車，道：「就是幾句廢話。」

王宏祿懷疑道：「真的？」

王小軍無辜道：「自咱們認識以來，我騙過你們嗎？」

小李撇嘴道：「你第一次見我們的時候，說這世上壓根就不存在什麼武林。」

王宏祿擺擺手道：「這一點，我相信他當時說的是真心話。」

王小軍對他道：「孫立說他沒有參與鑽石搶劫案，這件事你可以找千面人核對一下，我想她現在沒心情騙人。」

王宏祿疑惑地點點頭，最後重申道：「有什麼消息記得通知我們。」

王小軍微笑道：「好。」

王宏祿他們走出老遠，陳覓覓這才問：「孫立跟你說什麼了？」

王小軍目送著警車遠去，道：「余巴川就藏在本市法院的大樓裡。」王小軍把他和孫立的話簡單複述了一遍。

唐思思納悶道：「為什麼是法院的大樓裡？」

王小軍搖搖頭。

胡泰來道：「可信嗎？」

王小軍又搖搖頭。

陳覓覓道：「我更好奇他為什麼要把這個告訴你，如果想報仇的話，他

告訴警方也一樣啊。」

王小軍道：「可能他覺得警方抓不住余巴川，也可能覺得余巴川不會被活捉，到時仍然洗脫不了他的罪名，或者，他乾脆只想讓我和余巴川拼個兩敗俱傷，別忘了，我們和孫立也從來不是朋友。」

唐思思道：「那你還去嗎？」

王小軍道：「只要有一分可信我就得去！」

唐思思道：「我們不能報警嗎？」

王小軍道：「讓警方和余巴川拼個兩敗俱傷，最後會給武林同仁帶來負面效應，我身為頭兒，也該為武協做點事情了。」看來王宏祿的話對他造成了很大的衝擊。

胡泰來躍躍欲試道：「所以？」

王小軍一笑道：「夥計們，憑我現在的武功對付余巴川綽綽有餘，所以……」

唐思思道：「你不會嫌我們累贅吧？」

王小軍道：「你現在咋心直口快的——就是！」唐思思剛想瞪眼，王小軍嘿嘿一笑道：「我就是去看看，孫立的話八成不可信。」

胡泰來還想說什麼，陳覓覓拽了他一把使了個眼色，隨即道：「好，那我們等你消息。」

這時天已擦黑，王小軍不急不忙，吃過了飯像散步一樣走到了法院。與印象裡氣象堂皇的國家機關不同的是，法院的院子裡不知為什麼堆滿了各種鋼筋、水泥，此刻一片寂然，只有腳手架上吊著一個昏黃的燈泡，使得這個讓尋常百姓頗為敬畏的地方顯得有了幾分世俗氣。

王小軍透過圍欄往裡看著，滿臉錯愕。

這時就聽陳覓覓的聲音道：「沒做功課吧，法院按政府規劃即將遷往西邊，這棟建築馬上要改作他用了。」

王小軍也不意外，問道：「所以呢？」

唐思思道：「我們都在納悶一個操著外地口音的老頭該如何長期盤踞在法院大樓裡，現在似乎說得過去了，因為工地總是需要大量的閒人的。」

王小軍道：「比如說下夜的老頭！」

胡泰來笑道：「沒錯。」

王小軍道：「不讓你們來你們還是來了。」

陳覓覓道：「你不也早料到我們會跟蹤你嗎？」

王小軍苦笑道：「就不該對你們說實話。」

陳覓覓道：「我們又不傻，今天晚上無論你去哪都甩不脫我們。」

王小軍道：「現在我們該怎麼辦？」

陳覓覓手掌在欄杆上一扶，已躍進了院裡道：「有時候秘密潛入不如打草驚蛇。」

這時，就聽大樓門廳裡有人喝道：「什麼人？」

陳覓覓嫣然道：「看到沒，這裡的『下夜老頭』真是耳聰目明，才剛有人踏入就被人家發現了。」

她話音未落，一個滿臉橫肉的老頭已經閃出門廳，他一眼先看見了剛翻進來的王小軍，不禁大吃一驚，高聲朝樓裡喊：

「師哥快跑！」

這人正是余巴川的弟弟和師弟，余二。

「我們幫你拖住他，你去找余巴川！」陳覓覓飄然而上，已經截住了想往裡衝的余二。

王小軍幾個箭步跨進樓道，四下一片昏暗，只有走廊盡頭的燈亮著，頭

頂有輕微的腳步一點，即刻又恢復了平靜，顯然是輕功高手在掠向上層。

王小軍略一猶豫，陳覓覓大聲道：「你不用擔心我們，快追。」院子裡，她和胡泰來瞬間接住余二酣戰，短時間內難分勝負。

王小軍一咬牙，也跟著躥上樓梯，他同樣極其吝惜步伐，腳尖在地上一點高高躍起，隨即抓住上一層樓梯的欄杆靜佇側耳傾聽。

余巴川似乎也在暗處探測對手的位置，王小軍唯恐他從另一邊的樓梯返回，伸手捏下一塊木頭運勁擲出，木塊落地出聲，這就造成了似乎兩邊樓梯都有人把守的假象，余巴川聞聲又向頂樓進發。

兩個人躲躲閃閃相互試探，余巴川幾次想下來和追兵決戰，好像最終難以下定決心，終於上了頂樓，王小軍聽到鐵質的合頁聲響，然後有鐵板極其隱忍地被扣上的聲音。

他追至頂樓，見直通天臺頂門的插銷微顫，他想也不想地飛躍上爬梯，單手就把頂門推開，冷不丁就覺掌風颯然襲向他面門，他大驚之下，根本來不及細看急忙縮手縮頭，任憑身體直直落下，這才躲過這致命的偷襲。同時出了一身冷汗。

余巴川冷冷道：「我道是誰，原來是你這個小雜種。」

王小軍笑嘻嘻道：「被小雜種追著攆了十幾層樓，你還真有種，有本事你讓我上去，咱倆真刀實槍地幹上一架。」

余巴川冷笑道：「來啊。」

「那我可上來了啊。」王小軍從消防窗裡取出一支滅火器，裹上自己的外衣，砰地扔了上去，那滅火器頂開鐵門，隨即就被一股巨大的掌力打飛，接著嗤嗤地在天臺上亂竄，那是被余巴川一掌打漏了。

王小軍暗暗心驚，嘴上道：「老王八蛋，你不是讓小爺上去嗎？」

余巴川竟然毫不受激道：「誰不讓你上來了，就怕你沒這個本事。」

王小軍道：「你不急我更不急，我這就給警方打電話，說他們要的通緝犯被我困在樓頂上了。」

余巴川淡然道：「武協主席解決江湖恩怨要靠報警，那也隨便你，我還得提醒你一句，就憑你小女友那兩下，很快就會被我師弟抓住，你現在求饒，我說不定留她個全屍。」

王小軍高聲道：「你其實心裡一樣沒底，這種互相嚇唬的話還是不要說了，我就一點不明白，以前你不是總想收拾我嗎？什麼時候見了我怕成這樣了？」

余巴川臉色一寒，剛才他和王小軍在樓道裡來回刺探虛實，別的不說，就覺對方輕功極高，而且心思沉穩，以為是來了武當七子這種級別的高手，所以才決定利用地利優勢先處於不敗之地再說，待見是王小軍，他心裡格外驚訝，也覺備受屈辱，但這會要說放棄優勢，把王小軍就這麼放上來和他對戰又心有不甘，說到底確實是被嚇了一跳。

他在武協大會上被王小軍扇了兩個嘴巴，事後推測出那是因為王東來受內力反噬給了王小軍之故，後來又親眼看見王小軍也走火入魔，今天對方的表現令他摸不清底細，所以乾脆不再說話。

王小軍又道：「誒不對，我還有個問題想請教你——咱們見面的次數不多，你又回回被我打，怎麼還孜孜不倦地和我作對啊？哦，我明白了，你這是得了那個叫什麼斯德哥爾摩綜合症的病，就是越被虐越開心，就喜歡享受這種挨打的感覺，我們這代人管這叫『受』，其實就是賤！」

余巴川怒道：「你放屁！」

王小軍一邊加油添醋地胡說八道，一邊潛運內力把爬梯拽離牆面，他目光灼灼地盯著頂門，然後猛地把爬梯戳了出去，余巴川這會兒正是怒火中燒的時候，見有個影子鑽了出來，也沒細看，厲喝一聲便出掌拍去。

王小軍估摸出他的位置，也瞬間出掌拍在牆上，就聽上面悶哼了一聲，王小軍擰身躍上天臺，就見余巴川摸著胸口，那是被他的隔山打牛氣所傷。

此刻余巴川眼見王小軍身在半空居高臨下地俯視著自己，眼神裡終於有了恐懼之色，他大喊一聲，雙掌一起拍出，王小軍恍若天神一般，伸手按在他胸口上，掌力一吐把他打得橫飛出去，余巴川還想鯉魚打挺翻身，可剛翻到一半就又被王小軍抓在手裡。

王小軍怒視著他道：「你也算一代宗主，為什麼盡幹卑鄙小人的勾當？」

余巴川萬念俱灰，仍然冷笑道：「寧為雞首不為牛後，憑什麼你爺爺把持武協那麼多年，不讓我風光風光？」

王小軍道：「你也配！我爺爺看著霸道，可他做事正大光明，這個位子怎麼可能讓你這種人爬上來？」

不等余巴川說話，就聽身後有人溫和道：「說到底，這不過是人們的欲望罷了。」

王小軍愕然回頭，見綿月一如既往不慍不火地站在那裡，王小軍吃驚道：「綿月大師？」

綿月笑咪咪道：「二位的對話我都聽到了，余掌門的欲望是當回武林中

的群龍之首，王老幫主的欲望是維持他認為的公正。」

王小軍一笑道：「那你知道我的欲望是什麼嗎？」

綿月莞爾道：「那太簡單了，你的欲望就是不讓余掌門的欲望達成。」

王小軍也笑了，隨手把余巴川扔在一邊，余巴川竟然就此木然倒地，他心中萬馬奔騰——王小軍用的居然是點穴的功夫！

綿月淡淡地瞟了余巴川一眼，隨口道：「小軍，恭喜你功夫又有大長進了。」

王小軍在他面前也不作假：「手生得很，剛才摸了半天才勉強找準穴位，實戰中半點屁用也沒有。」

綿月微怔，竟似看王小軍看得有些呆了，那神情既像是在看和自己關係不睦的兒子，又像是在端詳愛過，但始終不能在一起的前女友。

王小軍被他盯得發毛道：「喂！」

綿月忽然慨然道：「小軍啊，你為什麼不肯過來幫我？」

王小軍嘿然道：「你是我見過最像高僧的高僧，甚至比你師兄都像，你那麼睿智，為什麼不問問你自己？」

很奇怪，王小軍知道自己此刻險到了極點，但偏偏燃不起半點戰意。

綿月目光平靜道：「我知道你心裡看不起我，我也確實為了達到目的幹了不少違心的事。但我這顆為了武林爭個公道的心從來都沒變過，我可以負責任地說，在主觀上，我沒有傷害人的想法；在利益上，我沒為自己創造過一毛錢的便利。」

王小軍道：「你說的這些我都信，但是你想多了，我不跟你攪和，只是因為我們大家理念不同而已。」

綿月踏前一步道：「我的理念怎麼了？死氣沉沉的武林難道不該做改變嗎？我們費盡艱辛變成今天這樣的人，難道不該受到追捧和關注嗎？如果你嫌我手段狠毒，那我問你，做什麼事是不需要犧牲的？」

王小軍擺手道：「別激動，我知道你可能沒想過害人，但這一點才是最可怕的。」

綿月詫異道：「你說什麼？」

王小軍道：「德高望重的綿月大師，哪怕見了最討厭的人，也從來不會在心裡想『我把你打死』這種事情，這個我信，至於為什麼不會想，那是因為在你心裡把自己看得更高一等，在你眼裡，別人都是傻子、不知好歹的笨蛋，可你不計較這一切，還悲憫地為他們奔相走告，這才是讓人最不

寒而慄的。」

綿月道：「王小軍！你這麼說我不公平！」

王小軍道：「那是因為你自己也沒意識到。你的確沒有親手傷害過別人，但因為你，有多少人失去了信念和對別人的信任？」

綿月道：「你還是嫌我不擇手段！」

王小軍搖搖頭，道：「我只問你一個問題。」

「你說。」

王小軍道：「如果你控制的武林真的成了社會上一支不可或缺的力量，誰能保證這支力量所做的每一件事都是正義的？」

綿月愣了。

王小軍道：「你不能，就像人們不能保證每種抗生素都朝有益於健康的方向發展，不能保證每一種轉基因都改善物種一樣。」

綿月喝道：「難道就因此消極地看著武林自生自滅嗎？」

王小軍道：「武林不會自生自滅，我再回答你一個問題吧——你問過我學武是為了什麼，我今天告訴你：學武是因為愛。鐵掌幫不在了，但我學會了擔當責任和做對的事。鐵掌幫曾是一個偉大的門派，無數人為了它付出了

畢生的努力，這就夠了。」

綿月忽然笑了，他道：「王小軍，你長大了，成熟了。」

王小軍面無表情道：「是你太幼稚了，我偶爾看報紙，打坐的時候思考很多問題，建議你也這麼做。」

綿月意興闌珊地擺手道：「看來我們真的是理念不同。」他指了指地上的余巴川道：「這個人我要帶走，還有余二。」

王小軍道：「他們都是警方通緝的要犯，你本來也是，暫時沒有證據而已。」

王小軍說到這，忽然想起一件事，那天在地下車庫的時候，千面人建議各人以「一先生」「二先生」諸如此類作為代號，「孫立」馬上和余巴川說了一句「這倒像我們」，很顯然，他想說的是「這倒像我們青城四秀」，他要不是余二改扮的才怪了。

綿月一笑道：「所以我要把他們送走，然後輕車上路，從頭開始。」

「送到哪兒去？」

「當然是別人找不到的地方，如果今天不是你忽然出現，我們這時候本該走了。」

王小軍一言不發地擋在了余巴川前面。

綿月意外道：「你想跟我動手？」

王小軍笑嘻嘻道：「我又想明白一件事——在武協主席所在地，又是法院的大樓，余家兄弟這麼久都沒被發現，你也借了我不少光。」

綿月神情漸冷道：「所以我沒有一上來就取了你的性命。」

「你剛才還說從不出手傷人的。」

綿月森然道：「除非迫不得已！你讓不讓開？」

王小軍道：「不知道別人跟你說過沒有，我鐵掌不能練了以後，學了一堆亂七八糟的武功。」

陳覓覓忽然從天臺冒出來道：「王小軍你這麼說是什麼意思？合著我們武當派的武功只能當得起『亂七八糟』這幾個字嗎？」

胡泰來依次蹦出來道：「我們黑虎拳呢？」

王小軍懊惱道：「你們怎麼上來了？余二呢？」

唐思思應聲道：「不堪一擊，他現在已經不是泰來的對手了。」

王小軍用那種快哭了的語氣道：「你們來，瞬間就多給人家預備了三個人質。」

綿月道：「你好像把自己豁出去了，聽你的意思，是想用『亂七八糟』的武功跟我切磋一下？」

王小軍咬牙道：「正是！」

他使勁揮手示意陳覓覓他們快走，就在這時，無數警車從四面包抄而來，眾人身在天臺，看得一清二楚。

綿月動容道：「你真的報警了？」

王小軍道：「來這之前我就預感會遇到你，我是打不過你，但無論如何這次絕不能再讓余家兄弟跑了；再說我答應過民武部，有事一定會通知他們的，就是實在說不準他們是來得太早還是太晚。」

綿月沉聲道：「你的算盤打得很好，但是你有一點失誤——如果你還能使用鐵掌，或許能拖到警察衝上來，但你現在顯然回天乏術，擊中余巴川那一掌如果是鐵掌，他是不可能起得來的。」

綿月又嘆了口氣道：「鐵掌幫真的很可惜，鐵掌是我見過的最具威力的掌法，我本來可以教你如何緩解反噬的。」

王小軍淡淡道：「壞人死於話多。」

唐思思無語道：「那你別提醒他呀，讓他繼續說呀！」

在她的話音中，綿月和王小軍終於一起發動了攻擊！

王小軍單掌在前，右掌自下而上擊向綿月小腹。這正是鐵掌三十式中的招式！

「不要——」陳覓覓淒厲地喊了出來！

下一刻，不等手掌觸及綿月，王小軍的瞳孔驟然緊縮，眼白多而瞳仁小，那正是反噬以後神智大亂的表現！

綿月先是愕然接著冷笑，他掌力狂嘯，先引開對方頭前那一掌，接著以大力金剛掌猛擊在王小軍腹部，王小軍噴出一口鮮血，右掌猛探，「啪」的一聲打在綿月左肋，綿月痛入骨髓，他的神情跟著惶惑起來。

他不明白一個走火入魔的晚輩憑什麼竟然還有如此快的應變力。接著，他就看到王小軍的瞳孔在復原，再接著，對方忽然露出了那種小狐狸的笑……

這只是一剎那的事情，當大家都以為戰鬥會瞬間結束的時候，戰鬥才剛剛開始！

王小軍正在出招！

鐵掌第一式第二式！第四式之後緊隨第七式！然後重複第一式，自由發揮！王小軍打嗨了，就像一個孩子找到了失蹤已久的木刀在抓緊一切時間玩

要，似乎要彌補流失的這段時光。

綿月招架，還擊，節奏絲毫不亂，但他的腳步亂了！不是因為招式不精，而是因為勢！得天地之氣而奪之，是為勢！這是一種不拘泥於天時地利人和的第四因素，三千越甲可吞吳，仗的就是這種勢！

「對了，忘了告訴你，我除了偶爾看報和思考人生以外，最多的時間就是在想一個問題：怎麼才能徹底消滅反噬，答案就是需要有人在我混沌之初一掌把我打醒，而當世之上，只有大師你能做到，所以——謝謝你！」

綿月咬緊了牙。

陳覓覓驚訝得張大了眼睛：「小軍，你沒瘋啊？」

王小軍哈哈一笑道：「快了，我快樂瘋了。」

綿月步步後退，身後一米的地方已到了天臺邊緣。他雙掌爆發出一陣狂芒，然而卻被王小軍用一陣似乎頗為暗淡而內斂的氣勢完全給克制住了，綿月在似真似幻中聽到了有人在吟誦佛經，王小軍身後光芒忽漲，似有佛影閃現。

「還忘了告訴你，大力金剛掌也是我學過的『亂七八糟』的武功之一。」

綿月在這一刻似乎明白了什麼，師兄把大力金剛掌的秘訣傳給了外人，

為的是什麼不言而喻。綿月心裡一空，跟著一痛，似乎連動作也慢了不少，胸膛就此中了王小軍一掌，血肉、經脈、內力在這一掌之下全部界線模糊，綿月口吐鮮血，身子直挺挺地掉下樓頂。

王小軍茫然相顧，下意識地抓住了他的手臂：「大師！」

綿月身子掛在半空，抬頭看了王小軍一眼，虛弱道：「放手吧。」

警方加快步伐一起衝上，王宏祿高聲喊道：「王小軍，堅持住！」

綿月眼神漸漸黯淡下去，輕吐一口氣道：「我現在終於明白我的欲望是什麼了……我只是一個……想被後世銘記的凡人，咳咳，凡人之苦……莫過於此。」

王小軍無語道：「啥意思啊？喂，你死了我去哪再找對手啊？」

他奮起一口氣就想把綿月拉上來，不料綿月也用盡最後的力氣在他手上一推，臉上浮現出奇怪的笑：「可我有你這樣的對手……很過癮……放手吧，我不想落到警方手裡。」

王小軍一凜，才發現自己也對綿月有種奇怪的感情。他人生中最重要的幾次升級可以說都和綿月有關，有時候是武功，有時候是思想，有時候是間接的逼迫，有時候是直接的影響，他也是這時候才發現，他稱綿月為「大

師」，大部分時候是心悅誠服的。

就在王小軍一恍惚的時候，綿月的身子猛然間下沉，當王小軍想再抓牢他時已經晚了，綿月的身體脫離了他的控制直落而下，王小軍忍不住探頭張望，卻見他在下面一層樓的窗口附近神秘消失，陽臺上杏黃色的僧袍一閃再無蹤影，也不知是不是看花了眼。

陳覓覓扯住王小軍後背的衣服把他拽到自己懷裡，大叫道：「小軍，你沒事吧？」

王小軍把下巴擱在她肩膀上，衝嚇呆了的胡泰來和唐思思做個鬼臉道：「沒事了，以後都不會有事了。」

王東來的屋子裡，老頭驚訝道：「什麼，你說鐵掌還有第八重境？」

王小軍點點頭：「這本來都是我的猜想，但在和綿月一戰中已經驗證了——在第七重境的時候，招式和內力已經分道揚鑣不能相互為用了，原因很簡單，就是我們猜想的那樣，身體在一開始就嚴重透支，後來每進階一重，身體就受一重傷害，在沒有基礎的地面上建造高樓是一定會坍塌的，所以我們要在建房子之前先打地基。」

王東來疑惑道：「地基？」

王小軍道：「簡單來說，第八重境才是我們該練的第一重境，綿月那一掌把我打醒後，我才真正把招式和內力重新支配起來，這些天我已經試驗過了，達到第八重境後，只要把鐵掌三十式配合一些基礎的吐納之法練習，就會逐漸生出內力，以後不管是新入門的弟子也好，還是幫中高手也好，只要照著這套方法循序漸進地來，直到能輕鬆打完二十七萬掌，然後該怎麼練再怎麼練，反噬的毛病應該不會再出現了。」

王東來瞠目結舌道：「你說的方法簡單嗎？」

王小軍微笑道：「弱智都能學會。」

王東來的表情又像是想哭又像是想笑：「那我們以前為什麼連弱智能學會的辦法都沒想到？」

王小軍微微搖頭，忽而道：「爺爺，大道至簡，周而復始，現在看看，這其實只是一個簡單的循環而已，或許鐵掌幫的創始人一開始就發明過這套功法，只是後來失傳了。也許是天意，到了我這一代才終於破解。總之，我會儘快讓我爸還有大師兄練起來，當然，青青也得從頭開始。」

王東來老淚縱橫道：「小軍，你救了鐵掌幫！」

王小軍前段時間一直在發呆，其實他是在把內功的等級修煉到了最高，而最鬧心的是，他雖然有了想法卻無法驗證，想來那段時間才是最難熬的。可以說，第八重境是王小軍用命換來的。

於是，其後的一段日子裡，經常可以看到王小軍領著一幫老小在練功。門口，鐵掌幫的牌子不知什麼時候被神不知鬼不覺地掛了回去。

這天練功剛畢，段青青突發奇想道：「師父，咱們鐵掌幫是不是該推舉新幫主了？」

王東來道：「這是你們年輕人的事，你們按照幫規自己解決吧。」

按照幫規，王靜湖和王石璞都已輸給過王小軍，而現在次序最高的則是段青青。

段青青看著王小軍躍躍欲試，不料王小軍蹲在臺階上道：「武協主席就夠我忙的了，幫主就你先當著吧，我認輸。」

眾人均感意外，王東來更是皺起了眉頭，要在平時有人把掌門當兒戲，老頭早該暴怒了，可是在經歷過門派存亡之後，他也看淡了很多，只是衝王靜湖攤了攤手。

段青青愣了片刻之後，忽道：「算了，別人讓來的掌門，當著也沒啥意

思；再說，我曾敗在你的『蓮花掌』上，這掌門還是便宜了你吧。」

王小軍嘿嘿笑道：「終於從第四順位繼承人修成正果了，鬼知道我經歷了什麼。」

段青青嘻嘻一笑道：「我雖然當不成幫主，不過到底是鐵掌幫裡最漂亮的。」說到這她忽道：「武林四大美人我已見過了三個，也不知還有一位長什麼樣？」

王靜湖道：「你不是天天都見嗎？」

段青青愕然道：「我不是說覓覓。」

王靜湖剛想說什麼，方芷凝忽然紅著臉道：「不許說！」

眾人一起扭臉，異口同聲道：「難道是你？」

王靜湖得意洋洋道：「沒錯，小軍的母親是當年公認的武林四大美人之一，只不過她行事低調，後來淡出江湖，誰也不知道她嫁給了我。」說到這，他愈發得意道：「武林四大美人，我們父子就娶了倆。」

唐思思小聲嘀咕道：「要是你兒子願意，還能把那倆也娶了。」被胡泰來瞪了一眼。

這時沙麗忽然走了進來，唐思思捂嘴道：「我的話啥時候變得這麼

靈了？」

沙麗來到王小軍面前，淡淡道：「我今天來不為別的，只想知道綿月大師現在到底在哪兒？」

王小軍搖搖頭道：「你已經問過我很多遍了，我還是只能說，我不知道。」

王小軍的腦子定格在天臺，他又想起那僧袍的一角，誰也不知道救走綿月的是圓通、匯通，又或者是妙雲禪師。

他對沙麗道：「有些人就是這樣，你想見他的時候他不會出現，你剛把他忘了，他就會冒出來的。」

沙麗呆了呆，點頭道：「給大家添麻煩了。」說著扭頭又走了出去。

王小軍忍不住道：「你對民協還不死心嗎？」

沙麗回頭道：「綿月大師可能做了不少錯事，但他的理念是對的，我不能強求別人，但會身體力行。」這句話說完，她再也沒有停留。

陳覓覓道：「綿月居然有個小迷妹。」

王小軍道：「不，是腦殘粉。」

眼看就要過年了，唐思思和胡泰來在為了今年先回誰家犯愁，如果去四

川過年，祁青樹一定不會開心，可是唐德也是個老古董，唐思思沒名沒分地跟胡泰來去黑虎門，他必然也不樂意。

而王小軍和陳覓覓也面對著同樣的問題，最終還是陳覓覓替他出了主意——年三十就在鐵掌幫過，大年初二再回湖北探望父母和師兄。胡泰來和唐思思索性也任性一回，決定就留在鐵掌幫過年。

這天終於到了大年三十，鐵掌幫裡裡外外熱鬧非凡，張庭雷攜弟子來給王東來拜年，順道祝賀王小軍新任掌門，張王李三個老頭正在陪一位所謂的貴賓喝酒，這位老人家年紀說老也不太老，戴小圓墨鏡，叼著玉石煙嘴，這會多喝了幾杯正在侃侃而談。

他四下掃了一眼，故作神秘道：「你們知道嗎，關於鐵掌幫，我還有一個天大的秘密——」

除了張王李等人，四下的賓客一起圍攏道：「什麼秘密？」

劉老六擺手道：「不能說，不能說。」

張大爺嘿嘿一笑道：「罷了，六爺作為武林裡的百科全書我是服氣的，不過誰喝多了也吹牛，大家就不要當真了。」

劉老六瞪圓了眼睛道：「你別將我！我還真就說了。」

他霍然站起，揮舞著胳膊道：「當年王東來怕孫子打光棍，闖蕩江湖的時候到處給王小軍訂親，不信大家問他，光我知道的，王小軍還沒過門的媳婦就有五個！」

王東來本來穩坐如山在和眾人談笑，一聽話頭不對，哧溜一下鑽進了裡屋。

眾人相顧愕然，接著哄堂大笑。

正巧陳覓覓掀簾子進門，一聽這話，咬牙切齒地衝了出去。片刻之後，大家就聽當今的武協主席、鐵掌幫幫主在院裡暴跳道：

「劉老六，你害死老子了！」

全書完

張小花另一暢銷熱作《史上第一混亂》即將登場，敬請期待。

這一代的武林 拾 鬥志如虹

作者：張小花
發行人：陳曉林
出版所：風雲時代出版股份有限公司
地址：10576台北市民生東路五段178號7樓之3
電話：(02) 2756-0949
傳真：(02) 2765-3799
執行主編：朱墨菲
美術設計：吳宗潔
行銷企劃：林安莉
業務總監：張瑋鳳

初版日期：2019年5月
版權授權：閱文集團
ISBN：978-986-352-681-0

風雲書網：http://www.eastbooks.com.tw
官方部落格：http://eastbooks.pixnet.net/blog
Facebook：http://www.facebook.com/h7560949
E-mail：h7560949@ms15.hinet.net
劃撥帳號：12043291
戶名：風雲時代出版股份有限公司

風雲發行所：33373桃園市龜山區公西村2鄰復興街304巷96號
電話：(03) 318-1378
傳真：(03) 318-1378
法律顧問：永然法律事務所 李永然律師
北辰著作權事務所 蕭雄淋律師

行政院新聞局局版台業字第3595號 營利事業統一編號22759935

定價：280元　特惠價：199元

國家圖書館出版品預行編目資料

這一代的武林 / 張小花著. -- 初版. -- 臺北市：風雲時代,2019.03-　冊；　公分

ISBN 978-986-352-681-0（第10冊；平裝）

857.7　　107018081